Encuentro en Rusia

*A mi madre, que me hizo tres de los mejores regalos
que se pueden hacer en la infancia: el amor por la
lectura, por los viajes y la fe en el poder de los sueños*

Editorial Bambú
es un sello de Editorial Casals, SA

Título original: *Rendezvous in Russia*

© 2013, Lauren St John, por el texto
© 2015, Arturo Peral Santamaría, por la traducción
© 2013, David Dean, por las ilustraciones del interior
© 2015, Allan Rabelo, por la ilustración de la cubierta
© 2015, Editorial Casals, SA, por esta edición
Casp, 79 – 08013 Barcelona
Tel.: 902 107 007
editorialbambu.com
bambulector.com

Diseño de la colección: Estudi Miquel Puig

Primera edición: febrero de 2015
ISBN: 978-84-8343-370-6
Depósito legal: B-27632-2014
Printed in Spain
Impreso en Anzos, SL
Fuenlabrada (Madrid)

ENCUENTRO EN RUSIA

Lauren St John

Traducción
Arturo Peral Santamaría

Ilustraciones
David Dean

bam bú

EDITORIAL

1

−¡CORTEN! −gritó el director−. ¡Corten, corten, corten!

Era un hombre chupado con entradas. Sus minúsculas gafas redondas, colocadas en lo alto del puente de la afilada nariz, le conferían el aspecto de un cuervo preocupado. Azotado por el viento del mar y con el rostro congestionado, se precipitó como un energúmeno sobre el desafortunado adiestrador, que, acongojado junto al set de rodaje, no sabía dónde meterse. Los actores y los diversos empleados se apartaron de su camino.

−¡Imbécil! ¡Pedazo de zopenco! ¿Y tú te haces llamar adiestrador de animales? No podrías enseñarle a comer queso a un ratón. No podrías enseñarle a pastar a un caballo. No podrías enseñar a volar a un pájaro, ni a atrapar un antílope a un guepardo, ni a nadar a un pez. ¿Qué te dije ayer, Otto? Por decimoquinta vez, te pedí que me trajeras un perro que me guste, un perro con carácter, un perro que consiga que en los cines del mundo entero el público grite de alegría y, en la siguiente escena, esté sonándose los mocos. ¿Y tú qué haces? Traes un galgo con la capacidad de atención de una carpa. Y, antes de ese, me vienes con un golden retriever obeso tan perezoso que no hacía ni un solo truco, pero, eso sí, con energía de sobra para engullir tres bandejas de bocadillos de salmón en la unidad de cáterin. Por no hablar del border collie raquítico, el spaniel desquiciado y el bull terrier que casi le amputa la mano a la actriz de reparto. Menos mal que a la pobre le encantan los animales, porque nos podría haber puesto una demanda que habría arruinado el estudio. –Meneó el puño y añadió:– Te doy la última oportunidad, amigo. Si el próximo chucho que me traes no es capaz de ganar un Óscar, estás despedido.

Una multitud se había reunido tras las cuerdas que evitaban que los mirones accedieran al set de rodaje. La mujer que estaba junto a Laura alzó la vista.

—¡Ay, madre! Si la próxima escena sale mal, me temo que Brett desaparecerá por combustión espontánea. Supongo que no has pensado en ofrecer a tu perro para este papel, ¿verdad? Es un animal de aspecto extraordinario. Casi como un lobo, pero más amable. Cualquiera se enamoraría de él.

Laura se iluminó de orgullo. Abrazó a Skye, su husky siberiano de tres patas. El rabo del perro se agitó con frenesí.

—Le sorprendería. Creo que es el perro más alucinante del planeta, pero...

—Yo pienso lo mismo —dijo Tariq, su mejor amigo.

—¿Pero qué? —preguntó la mujer, que, a pesar de la sencillez de sus pantalones vaqueros y su camiseta azul pálido, tenía la pose y los rasgos fotogénicos de una actriz.

—Bueno, creo que Skye es perfecto, pero no todo el mundo opina lo mismo —respondió Laura—. Su director parece bastante quisquilloso. Si no ha podido ni ver a un retriever gordinflón, dudo que quiera saber nada de un husky de tres patas.

La mujer rio.

—Oh, no hagas caso a Brett. Es un fanfarrón. En el fondo es todo un personaje. Tiene muchísimo talento... Es uno de los mejores directores de Hollywood. Esta película ha despertado una gran expectación.

Llevamos rodando solo una semana, y ya se está hablando de premios.

–¿Cómo se titula? –preguntó Tariq. Laura y él estaban exultantes desde que descubrieron, el primer día de sus vacaciones de verano, que de un día para otro habían montado un decorado para una película en las afueras de St Ives, la ciudad costera donde vivían. Habían empezado la mañana con algo especial: un desayuno en el café Sunny Side Up. Pero en cuanto engulleron el último de los deliciosos bocados que habían pedido, rogaron al tío de Laura que los dejara ir a los acantilados para ver el rodaje.

–Pero nada de escaparse a Hollywood, ¿entendido? –había bromeado Calvin Redfern mientras se alejaban.

–La película se titula *El ladrón aristocrático* –explicó la mujer–. Está ambientada en el siglo XIX y trata de un hombre rico, famoso y respetado en las más altas esferas del país que roba un cuadro de valor incalculable en el Museo del Hermitage de San Petersburgo, en Rusia. Seguiremos rodando allí.

–Si está ambientada en Rusia, ¿qué hacen en Cornualles? –quiso saber Laura.

–Estamos filmando la parte inglesa. En la historia, la protagonista infantil es una huérfana procedente de una preciosa ciudad junto al mar. Tiene un perro al que adora. La mascota interpreta un papel clave en la película, y por eso es un desastre que tengamos tantos problemas para encontrar al perro adecuado. –La mujer sonrió y añadió:– No me he presentado. Me llamo Kay Allbright.

Laura le dio la mano.

–Yo soy Laura Marlin, este es Tariq, mi mejor amigo, y este es mi husky Skye. ¿Le importa que le pregunte si es usted actriz?

–Lo fui. Hace mucho tiempo. Pero ahora tengo el trabajo de mis sueños. Soy guionista. Me encargo de investigar y escribir la película. Es estimulante y a menudo frustrante, pero me apasiona.

Skye se puso tenso. Fijó los ojos azules en el adiestrador, que entró en el escenario con un perro pomerano que no dejaba de ladrar. Laura lo agarró con firmeza del collarín.

–Pórtate bien, Skye –le regañó–. Ya has desayunado.

Detrás de las cámaras había un campamento lleno de tiendas y caravanas, una de las cuales era el servicio de cáterin, que tenía un toldo a rayas rojas y blancas. La puerta de la caravana más grande se abrió, y por ella salió una niña de entre doce y trece años, de largos cabellos dorados, que llevaba un harapiento vestido de muselina blanca. Su ceño fruncido transmitía un aburrimiento que estropeaba su sorprendente belleza. Afortunadamente para el adiestrador de perros, aquella expresión desapareció en cuanto vio al pomerano.

–¡Oh, qué monada de perro! –exclamó con acento norteamericano–. ¿Cómo se llama?

–Se llama Britney y es hembra –respondió el adiestrador, con aire aliviado–. Es toda una actriz. Le encanta que le presten atención. Tenía que haberla traído desde el principio. ¡Si hasta tenéis el mismo color de pelo!

–Esa es Ana María Tyler. Ella interpreta el papel protagonista de la niña huérfana –susurró Kay a Laura y Tariq–. Apenas ha llegado a la adolescencia y ya tiene cinco películas en su haber. –Y, bajando la voz, añadió:– Y un genio de aúpa.

El director entró en el set dando zancadas.

–¿Esto es lo mejor que tienes, Otto? ¿Una pomerana? Necesito garra. ¿Cuántas veces quieres que te explique que nos hace falta un perro capaz de salvarle la vida a una niña y de detener a un archivillano? Este no podría asustar ni a un canario.

Ana María hizo un puchero y apretó a Britney contra su pecho.

–Sí, pero con esta perrita a la audiencia se le caerá la baba, y dijiste que eso también era importante.

–Cierto –reconoció Brett–. Totalmente cierto. De acuerdo, vamos a darle a la señorita Britney una oportunidad. Suéltala para que Otto pueda colocarla en su sitio. Equipo, todos a sus puestos. ¿Preparada, Ana María? ¡Acción!

Las cámaras empezaron a rodar. Mientras Laura y Tariq se inclinaban hacia delante llenos de interés, un gruñido grave empezó a retumbar en la garganta de Skye. Laura lo tranquilizó con una mano al tiempo que con la otra sujetaba con más fuerza el collarín. Al parecer, el perro veía a Britney como un aperitivo de lo más apetitoso.

Ana María paseaba por el acantilado bajo la luz del sol, admirando las vistas del mar resplandeciente. La pomerana esperaba junto a Otto, oculta a la vista. Ana María se inclinó a recoger flores silvestres entre la hierba mecida por el viento. Una de ellas, una amapola, no estaba del todo a su alcance. La niña se acercó algo más al borde y se inclinó hacia la planta.

Laura sabía que no era más que una actuación, pero solo con mirarla se estaba poniendo de los nervios.

Cuando los dedos de Ana María alcanzaron la amapola, se oyó un horrible restallido. La sección del acantilado en la que estaba arrodillada se desintegró de repente, y la niña salió catapultada por el barranco, profiriendo un grito de terror.

Laura chilló sin querer.

–Tranquila –murmuró Kay–. Forma parte de la escena. Ha caído en una plataforma muy segura que hemos construido expresamente para esta toma. Además, hay una red más abajo por si algo sale mal.

–Espero que las hayan sujetado bien –observó Tariq preocupado–. Si llegara a caerse, seguro que se mataría. Acabaría estrellándose contra las rocas o ahogándose. Las corrientes aquí tienen una fuerza increíble.

Laura no pudo reprimir un escalofrío. Tariq lo decía por experiencia. Apenas seis meses atrás, los dos habían estado a punto de morir en la Cala del Muerto, a un tiro de piedra de donde estaban ahora. Todavía recordaba la fuerza con la que el mar tiraba de ella, intentando arrastrarla a las oscuras y heladas profundidades.

Ana María se aferraba al borde rocoso con los dedos.

–¡Socorro! –gritó–. ¡Socorro!

Britney, la pomerana, avanzó por lo alto del acantilado, ladrando con todas sus fuerzas. Su papel era acudir junto a Ana María, comprender que había un problema y correr en busca de ayuda. Al menos ese era el plan.

Lamentablemente, nadie le había dicho eso a Skye. El husky observó a Britney brincar como un conejo entre la hierba alta, se zafó de Laura y se lanzó tras la perrita.

Laura se llevó las manos a la boca, horrorizada. No se atrevía a llamar a Skye mientras las cámaras rodaban, pero ¿qué otra cosa podía hacer para detenerlo? Kay y Tariq también se habían quedado helados. Ya solo podían asistir al desastre.

Cuando Britney se aproximaba a la actriz, que seguía gritando, un sexto sentido la avisó de que el peligro se acercaba. Desvió la mirada y emitió un gañido al ver al husky abalanzarse sobre ella. Comprendió que le era imposible escapar, así que decidió saltar desde el acantilado y aterrizó en la plataforma que servía de apoyo a Ana María.

–¡Ay! –gritó Ana María cuando las uñas de Britney se le clavaron en la mano. La niña se soltó. En principio, no importaba, porque se encontraba de pie sobre una plataforma de madera bastante ancha que estaba pintada con maestría para camuflarse con las rocas y era invisible para las cámaras. Por desgracia, la sacudida en la madera hizo que los anclajes que la unían a la piedra se aflojaran. Solo se desplazó un par de milímetros, pero bastó para que Ana María perdiera el equilibrio y estuviera a punto de caerse. Esta vez lanzó un grito aterrador que nada tenía que ver con su actuación.

—¡CORTEN! —vociferó el director, pero nadie pareció oírlo.

—¡Skye! —chilló Laura—. ¡Skye!

Se metió por debajo de las cuerdas y corrió hacia el borde del acantilado, seguida por Tariq y Kay. El caos se extendió por todo el set de rodaje.

—¡Haz algo! —le gritó Brett Avery al coordinador de especialistas—. ¿Para qué crees que te pago? Baja a buscarla. Llama al guardacostas, a los bomberos, llama a la reina si hace falta, pero pon a mi estrella en suelo firme. —Se asomó con cautela por el acantilado y dijo:— Ana María, cariño, hagas lo que hagas, no mires abajo.

Inmediatamente, Ana María dirigió la mirada hacia el mar, que se agitaba a los pies del precipicio, bajo la plataforma, y empezó a gritar con más fuerza. La pomerana gemía y lloriqueaba.

El encargado de los especialistas intentaba ponerse un arnés de escalada mientras ordenaba a su asistente que buscara una cuerda a la que la actriz pudiera agarrarse hasta que llegara a su lado. La madre de Ana María, que había aparecido de ninguna parte, contribuía al barullo con llantos y amenazas de demanda.

El peso de la gente que se congregaba en lo alto del acantilado hizo que el borde inestable se soltara todavía más. Esto provocó una lluvia de grava que cayó sobre Ana María y la perrita pomerana. Britney ladraba como loca. Ana María, hecha un flan, no paraba de llorar.

—¿Por qué demonios tardas tanto? —vociferó el director. Pero el coordinador de especialistas no contestó; miraba el arnés con gran confusión.

—No lo entiendo —mascullaba—. No lo entiendo.

—Algo va mal —le susurró Tariq a Laura mientras los adultos empezaban a discutir—. Parece que se le ha perdido algo.

Ana María emitió un grito que podría haber hecho añicos una luna de cristal. El viento estaba arreciando y amenazaba con lanzarla por el acantilado.

El asistente llegó a la carrera con otra cuerda.

—Agárrate a esto con fuerza —ordenó a Ana María—. Tranquilízate. Una lancha de salvamento viene de camino, y debajo está la red de seguridad, así que en realidad no corres peligro.

Las palabras apenas habían salido de su boca cuando ocurrió la tragedia. Una ráfaga de viento lanzó a Britney al vacío. Ana María, que por entonces se aferraba desesperadamente a la cuerda, no se dio cuenta de que la pomerana había caído hasta que el cuerpo peludo de Britney pasó volando a su lado. La perrita cayó al agua y se agitó un poco antes de desaparecer bajo las olas. Para Ana María, que ya estaba petrificada, la impresión fue tal que las piernas le fallaron y quedó suspendida en el vacío más allá de la red de seguridad.

El coordinador de especialistas estaba desesperado.

–¡Aguanta, Ana María! –vociferó, mientras la actriz giraba en el extremo de la cuerda y rebotaba de vez en cuando contra la fachada del acantilado–. Vamos a subirte. Por lo que más quieras, no te sueltes.

Pero, por más que lo intentaba, Ana María no tenía fuerzas para obedecer. En cuanto dieron un tirón a la cuerda, sus manos se escurrieron y se precipitó al vacío. Alcanzó las burbujeantes olas y desapareció.

–Eso –dijo Kay– no estaba en el guion.

2

La madre de Ana María, que era colombiana y, por decirlo de un modo suave, muy impresionable, se desmayó. El director se arrodilló y parecía estar rezando. Otto, el adiestrador de animales, estaba tan fuera de sí que se había arrancado por lo menos la mitad de los veintiséis mechones de pelo que le quedaban.

Puesto que los humanos estaban sumidos en el cataclismo, quizá no resultara sorprendente que el husky fuera el primero en reaccionar. Antes de que Laura pudiera asimilar lo que estaba ocurriendo, Skye se zafó de ella, dio tres zancadas rápidas y saltó desde el acantilado.

–¡No, Skye! –gritó Laura, pero era demasiado tarde. Se alzó una columna de espuma y, después, el océano lo engulló por completo, igual que había hecho con Ana María y la pomerana–. ¡Skye! –siguió vociferando, a la vez que decenas de personas empezaban a llamar a Ana María y una sola voz reclamaba a Britney–. ¡Skye! Que alguien llame a los socorristas. Tengo que bajar. Tengo que salvarlo.

–Creo que es un poco tarde para eso –anunció con crueldad Jeffrey, el director de producción–. Para cuando hayamos rescatado a Ana María, tu mascota será pasto de los peces. Lo siento, pero así son las cosas.

Tariq era un muchacho apacible, pero le lanzó la mirada más asesina que pudo y replicó:

–No le hagas caso, Laura. Skye es el perro más listo del mundo. No habría saltado si pensara que no lo lograría.

Kay gritó incrédula.

–¡Laura, mira!

Cien metros más abajo, Skye había emergido y nadaba con fuerza. Llevaba en la boca un pedazo de tela blanca. Había tanta espuma que pasaron varios segundos antes de que quedara claro que era el vestido de Ana María y que la actriz semiinconsciente estaba dentro. A contracorriente, el perro nadó hasta las rocas y sacó a la niña de las inclementes olas. Ana María yacía inerte sobre una roca como si estuviese muerta.

Por entonces, una multitud de más de cincuenta personas se había congregado en lo alto del acantilado. Animaban a Skye mientras este buscaba a la pomerana. Vitorearon cuando emergió con la perrita y la colocó en la piedra junto a Ana María, justo en el instante en que una lancha de salvamento aparecía rugiendo tras un saliente.

En apenas un momento, un socorrista fornido con la barba blanca subió a Ana María a bordo y trató de reanimarla con mantas calientes y un té dulce y reconfortante. Otro socorrista más joven subió a la lancha a Skye y a Britney, que no dejaba de temblar. Los envolvió también en mantas. La embarcación se alejó a toda velocidad, entre los vítores de los espectadores.

Cuando la multitud se dispersó, Brett Avery dijo con voz temblorosa:

—Ese husky... ¿de dónde ha salido? ¿De quién es? ¡Que alguien encuentre a su dueño y me lo traiga AHORA MISMO!

Laura se encogió detrás de Kay. Se imaginaba a su tío Calvin Redfern, que no era precisamente rico, arruinado por culpa de una demanda. Perderían su hogar en el número 28 de Sea View Terrace y tendrían que irse de St Ives a un lugar más barato. Los servicios sociales intervendrían y se llevarían a Laura a Sylvan Meadows, el aburridísimo hogar infantil donde había pasado los primeros años de su vida.

–El husky es de esta señorita –dijo Kay con una sonrisa mientras empujaba a Laura hacia delante–. ¿A que ha estado fenomenal? Nadie lo hubiera imaginado. Solo demuestra que la realidad supera siempre a la ficción.

Laura tartamudeó:

–Sie-siento mucho que Skye haya arruinado la escena y causado tantos estragos. Lo estaba sujetando, se lo prometo, pero es que tiene una fuerza increíble y cuando vio a Britney... Señor Avery, mi tío no tiene mucho dinero, así que no podemos pagarle. ¿Cree que podría compensarle fregando los platos en la caravana del cáterin o algo parecido?

–¿Pagarme? ¿*Pagarme*? Pequeña, ¡yo tendría que pagarte a ti! ¿Tienes idea del regalo que acabas de hacerle al estudio? –Lanzó una risa incrédula.– No tienes ni idea de lo que estoy diciendo, ¿verdad? Deja que te lo explique. –Hizo señales a un recadero.– Oye, Chad, hazme un favor; ve al cáterin y trae dos de los mejores batidos para nuestros amigos.

Minutos después, Laura y Tariq estaban sentados en sillas que en su tiempo habían ocupado algunas leyendas del cine y charlaban con sus nuevos amigos Kay Allbright y Brett Avery, uno de los directores más famosos de Hollywood. Daban sorbos a sus batidos de mango y coco mientras escuchaban cada vez más absortos el discurso de Brett. Resultaba que el cámara no había dejado de rodar cuando el director había gritado que cortara, así que había grabado toda la escena.

–¿Sabéis qué significa eso? –preguntó Brett–. Es oro cinematográfico. Oro puro. Con un buen montaje, podemos utilizar la secuencia entera en la película, como si Kay la hubiera escrito así en el guion.

Laura estaba desconcertada.

–¿Y qué pasa con Ana María? Se podría haber matado. ¿No le importará que esa grabación se proyecte en público?

Brett Avery se rio.

–Al contrario, estará encantada con la publicidad. Escucha con atención: se llevará un Óscar por esta actuación. –Puso la mano en el brazo de Laura y añadió:– Y ahí es donde entras tú, querida. Necesito a tu héroe canino en la película. Es obvio que no podríamos utilizar ninguna de estas escenas si cambiáramos de perro. Podríamos conseguir otro husky, pero es poco probable que encontremos uno con tres patas. Además, este perro en concreto es justo lo que andaba buscando: un perro con personalidad, un perro que cautivará al público. Quiero comprarlo. ¿Por cuánto me lo venderías?

—No está en venta. No me separaría de Skye ni por todo el dinero del mundo.

Brett dijo suavemente:

—Por supuesto que no. Pero todavía no has oído mi oferta. Estoy dispuesto a pagar mil libras por él.

Laura hizo cuanto pudo por ocultar su sorpresa.

—No está en venta. Por ningún precio.

—Ah, una jovencita que sabe regatear. Cinco mil. Te daré cinco mil por él.

Laura pensó en su tío y en lo mucho que supondría para él tal suma de dinero, pero para ella Skye era igual de importante. La niña negó con la cabeza.

El director borró la sonrisa de su rostro.

—Es obvio que quieres a tu perro, y eso es genial, pero quizá deberías pensar en lo que significaría el dinero para los demás. Has mencionado que tu tío no tiene gran cosa. Estoy dispuesto a pagar diez mil libras por tu husky. Es mi última oferta. Podría cambiarle la vida a tu tío.

—Para Laura, Skye es tan importante como su tío —le informó Tariq—. Para ella es de la familia, y la familia no se vende.

Brett Avery perdió los nervios.

—No seas ridículo. Los animales no son tan valiosos como las personas. Pueden ser adorables, sí, pero no se puede comparar...

—¿Y qué os parece un préstamo? —interrumpió Kay apresuradamente—. Laura, ¿qué te parecería que nos prestaras a Skye durante un par de semanas para rodar en Rusia? El estudio os pagará a tu tío y a ti bastante bien y tendrías al perro de vuelta antes de que te des cuenta. Y cuando se estrene en los cines *El ladrón aristocrático* a finales de año, podrás presumir con tus amigos de que tienes un husky famoso.

Antes de que Laura pudiera contestar, el todoterreno de los socorristas apareció dando brincos por la cuesta. Ana María se bajó con aspecto pálido, frágil y furioso. Su precioso pelo rubio había quedado hecho un amasijo de mechones empapados y apelmazados.

—Hemos intentado convencerla para que vaya al hospital —le explicó el socorrista a Brett Avery—, pero ha insistido en que primero quería hablar con usted.

El director abrazó a la actriz, que estaba calada hasta los huesos, y después la llevó aparte y empezó a hablarle en voz baja para que nadie más pudiera oírle. Laura se preguntó si le estaría contando que el cámara había grabado hasta el último detalle de su caída y que sin duda ganaría un premio de la Academia, porque de repente su rostro se iluminó. En un momento dado, se volvió y observó a Laura y Tariq.

Aquella situación había dejado a Laura tan paralizada que Skye, que se había bajado del vehículo del socorrista y corría hacia ella mojado y cubierto de arena, casi la tira al suelo. Laura se acuclilló. El perro le puso la pata izquierda en el hombro y le lamió la cara hasta que casi acabaron los dos igual de mojados.

–Tú –dijo Laura– eres un auténtico héroe. Eres el mejor perro, el más valiente de la tierra, y no me separaría de ti ni por todo el dinero de Hollywood.

–Cuidado, Laura –le advirtió Tariq–. Brett Avery viene hacia aquí. Seguro que intenta convencerte.

–Que lo intente. No va a conseguir nada.

Brett Avery era todo sonrisas. Se colocó las gafas en la nariz.

–Disculpadme, chicos. Tenía que ver a la estrella. Qué valiente. Está un poco magullada y sufre una ligera hipotermia, pero el espectáculo debe continuar y esas cosas. No hace falta decir que se ha enamorado de Skye. Y os alegrará saber que está totalmente de acuerdo con vosotros. No está dispuesta a que os quiten el perro, ni siquiera a modo de préstamo.

Laura estaba sorprendida.

–¿Ah, no? ¿Y qué pasa con la grabación del rescate? ¿Encontrarán otro perro de tres patas?

Brett Avery los acompañó de vuelta a las sillas y pidió unos helados.

–Sentaos, chicos, sentaos. ¿Podéis repetirme vuestros nombres? Laura Marlin y Tariq Ali, ¿verdad? Fabuloso. Chicos, no os lo vais a creer, pero, incluso en su estado traumático, Ana María ha advertido algo en lo que yo me tenía que haber fijado de inmediato... Y la verdad es que, de no haber sido por el accidente, lo habría hecho.

–¿De qué se trata? –preguntó Tariq, rechazando el helado. Su infancia como esclavo en una cantera de Bangladesh le había hecho desconfiar de las adulaciones de los adultos.

–Tenía que haberme dado cuenta de que sois unos chicos con un aspecto estupendo. Sois perfectos para mi película. Sois una pareja que llama la atención: Laura, con la piel de melocotón y el pelo rubio claro, y Tariq, con el pelo negro y la piel de caramelo. ¡Alucinante! Habéis nacido para ser actores.

»Necesitaríamos el permiso de vuestros tutores, claro, pero ¿qué os parecería protagonizar mi película junto con Skye? Mañana acabamos el rodaje aquí, pero nos vamos a San Petersburgo al final de la semana. Os necesitaríamos para diez días de rodaje. Os pagaríamos bien, cubriríamos todos los gastos. Básicamente, pasaríais unas vacaciones gratuitas en una de las ciudades más bonitas del mundo. Y lo mejor de todo es que Skye estaría con vosotros. ¿Qué os parece?

Durante sus años en el orfanato, cuando parecía que iba a quedarse en una ciudad lúgubre y gris para siempre, Laura había soñado con una vida de emociones y aventura. Por encima de todo, ansiaba viajar y ver lugares exóticos, y pocos países resultaban más exóticos o misteriosos que Rusia. Miró rápidamente a Tariq. Aunque su amigo se esforzaba por ocultarlo, sus ojos brillaban de exaltación. Los orígenes de Tariq eran todavía más duros que los de ella, y también soñaba con ver el mundo.

Laura rodeó a Skye con un brazo.

–Tengo que pedirle permiso a mi tío, y Tariq tiene que hablar con sus padres de acogida, pero creo que nos lo podríamos plantear, señor Avery.

–Brett. Llámame Brett.

De camino a Sea View Terrace en compañía de Skye, Laura iba sobre una nube. Desde que tenía uso de razón, había soñado con ser detective de mayor. A diferencia de muchas chicas que conocía, nunca había querido ser una actriz famosa. Ahora la ocasión había aterrizado inesperadamente en su regazo. En el camino de vuelta a casa pensó que ser actriz no habría sido su primera opción profesional, pero estaba bien tener donde elegir.

3

—¿**Extras**? **Brett Avery** no dijo nada de que fuéramos extras. Nos dijo que seríamos protagonistas.

Calvin Redfern contuvo una carcajada. Llenó una taza con chocolate caliente y otra con café solo y las llevó a la mesa de la cocina, evitando pisar a Lottie, su perra lobo, que estaba disfrutando al calor de la cocina de leña.

—Bienvenida a Hollywood, Laura. El señor Avery intentó convencerme con esas mismas palabras, pero me temo que soy bastante más escéptico. Cuando le pedí que describiera el trabajo, me explicó que Skye tendría sin duda el papel protagonista de la película y que Tariq y tú seríais lo que ellos llaman figurantes.

–¿Y eso qué significa?

–Que saldréis como extras en las escenas de multitudes y apareceréis en los créditos como «chica del sombrero rojo» o «chico del carrito». Si os descuidáis con un parpadeo cuando salga la película en los cines, lo mismo ni os veis.

–Oh –exclamó Laura algo desinflada. Tenía ganas de ver la expresión en las caras de sus compañeros de clase cuando Tariq y ella volvieran de las vacaciones de verano convertidos en estrellas de cine. «¿No os habíais enterado?», pensaba decirles como quien no quiere la cosa. «Nos descubrieron después de que mi husky le salvara la vida a Ana María Tyler. Según el director, tenemos un talento nato.»

–No te pongas así –dijo su tío–. ¿Desde cuándo nos importan la fama y el dinero? Que yo sepa, lo que siempre has soñado es ser detective, como Matt Walker, el personaje de los libros que tanto te gustan. ¿No me digas que todo eso se ha desvanecido después de un pequeño roce con el estrellato?

Laura le sonrió avergonzada. Cuantos la conocían sabían que estaba obsesionada tanto con investigadores de ficción al estilo del inspector Walker como con detectives de verdad, como su tío. Había sido el detective más importante de Escocia durante cinco años, hasta que perdió a su mujer mientras dirigía la investigación para atrapar a Póquer de Ases, una de las bandas más conocidas del mundo. Destrozado y atormentado por la culpa, había abandonado su trabajo y se había refugiado en Cornualles. Fue entonces cuando empezó a trabajar como detective secreto de la inspección pesquera.

–Claro que no voy a abandonar mi sueño. Es que lo de ser actriz parece divertido, eso es todo, y estaría genial ver nuestros nombres en carteles luminosos. Además, Tariq está absolutamente emocionado ante la idea de ir a Rusia. Supongo que ahora no nos dejarás ir.

–Al contrario. Me parece muy bien que vayáis.

Laura gritó encantada.

–¿Estás de broma?

Calvin Redfern cortó dos pedazos de la legendaria tarta de manzana de Rowenna, el ama de llaves, los cubrió de crema y le entregó un plato a Laura.

–En absoluto. A decir verdad, yo también tengo noticias. He estado reuniendo el valor para contártelas.

–¿Qué noticias? –Los últimos seis meses habían sido los mejores de la vida de Laura. Vivir en la gloriosa ciudad de St Ives con un tío al que había aprendido a adorar y con su querido husky era un auténtico sueño. Conocer a Tariq había sido la guinda del pastel. Una pequeña parte de Laura tenía cierto temor de que un giro del destino la enviara de vuelta al hogar infantil de Sylvan Meadows.

–No te preocupes. No son malas noticias, solo es mal momento. Puede que hayas oído que el viceprimer ministro del Reino Unido, Edward Lucas, va a realizar una visita de Estado excepcional a Rusia durante las próximas dos semanas. Irá a Moscú, no a San Petersburgo, que es donde estaréis rodando en caso de que aceptéis ser extras. Ambas ciudades están a una distancia considerable, así que lo más probable es que ni os deis cuenta de que está en el país. Seguramente no sea mala cosa. En estos actos siempre hay un despliegue de seguridad enorme.

–No lo entiendo. ¿Qué tiene que ver Ed Lucas contigo?

Su tío tragó un bocado de tarta y contestó:

–Como sabes, en la época en la que presté servicio en el cuerpo de policía adquirí mucha experiencia trabajando con organizaciones de delincuentes como Póquer de Ases.

Laura no dijo nada. El nombre de aquella banda bastaba para que se le erizara el pelo de la nuca. Póquer de Ases era un grupo de malhechores metido en cientos de asuntos malignos. Según se mirara, era lo mejor de lo mejor o lo peor de lo peor. Desde robos de bancos y carreras de caballos amañadas hasta trata de esclavos y venta ilegal de especies en peligro, la banda estaba metida en todo. En tres ocasiones, Tariq y Laura habían cometido el error de cruzarse en su camino. En cada ocasión casi lo pagaron con sus vidas.

–Continúa.

–Hace un mes, el Servicio de Seguridad se puso en contacto conmigo. Según fuentes fehacientes, la mafia rusa planea un atentado contra Ed Lucas durante su viaje. Por razones diplomáticas es fundamental que el viaje siga adelante, y el Ministerio de Asuntos Exteriores me ha pedido, como experto en redes de delincuencia, que colabore con ellos para garantizar su seguridad.

–¿Y cómo tienes previsto encontrar al posible asesino? –preguntó Laura inquieta, olvidando temporalmente a Póquer de Ases. Le encantaba la intriga–. ¿Tienes que ir a Moscú?

–En realidad, no. Pero las autoridades quieren que me traslade a Londres mientras Ed Lucas está en Rusia, para que dirija la parte británica de la operación de seguridad. He hecho lo que he podido para rechazar el encargo, alegando que he dejado esa vida atrás, pero han sido muy persuasivos y me han ofrecido una buena suma de dinero para que acepte.

»Lo siento, Laura. He estado temiendo el momento de decirte que voy a ausentarme varias semanas durante tus vacaciones escolares. Sé que piensas que soy un adicto al trabajo.

–Sí, lo eres –le reprochó Laura.

Él sonrió con socarronería.

–¿Pero no ves que, si Tariq y tú estáis interesados en trabajar en la película, sería la mejor solución para todos? He buscado información sobre el estudio de cine, Tiger Pictures, y tiene buena reputación en el sector. Ha tenido algunos problemas financieros, pero ya se ha recuperado. Brett Avery es un tipo temperamental, pero en general es querido y respetado. Además, me ha dado su palabra de que Kay Allbright, tu amiga la guionista, se encargará personalmente de que no te falte de nada. Hemos tenido una larga conversación esta mañana y parece una persona encantadora. Quizá lo más importante es que Skye irá contigo. Y, como Ana María Tyler ya sabrá, no hay mejor guardaespaldas.

Debajo de la mesa de la cocina, el rabo del husky daba golpes a un ritmo feliz. Laura le rascó las orejas. El padre de acogida de Tariq, que era veterinario, lo había examinado concienzudamente después de la caída de ciento veintisiete metros. Aunque resultara increíble, no se había hecho ningún daño. Su heroísmo lo había convertido en la comidilla de la ciudad, y un periódico local había enviado a un fotógrafo para retratarlo.

—Así que solo queda una cuestión —dijo Calvin Redfern.

—¿Cuál?

—Si quieres ir a Rusia o no. ¿Quieres pasar diez días trabajando de figurante en una de las ciudades más fascinantes del mundo con todos los gastos pagados y en compañía de Skye y Tariq... o prefieres pasar todo el verano en la playa de la bella ciudad de St Ives?

Laura miró la lluvia que caía a cántaros al otro lado de la ventana. Si le pudieran garantizar sol, no habría duda. Elegiría vaguear el día entero en la playa de Porthmeor. Pero por desgracia había sido el mes de junio más húmedo jamás registrado, y julio prometía ser igual de lúgubre.

Por otro lado, San Petersburgo, ciudad que traía a la mente grandes monumentos, noches mágicas en el ballet y largas visitas al Museo del Hermitage, un edificio lleno de tesoros artísticos, parecía tan glamuroso como increíble. Al igual que trabajar en una película, aunque Tariq y ella tuvieran papeles tan poco glamurosos como los de «chica del sombrero rojo» y «chico del carrito».

Laura sonrió y dijo:

—Me encantaría ir a San Petersburgo, pero solo si Tariq viene conmigo.

Su tío le puso más crema en la tarta.

—Oh, no creo que haya que preocuparse por eso. Los padres de acogida de Tariq son personas muy ocupadas y creen que esta sería una ocasión perfecta para que Tariq visite San Petersburgo sin gastos y tenga una experiencia inolvidable. Además, ya saben que vosotros dos sois inseparables.

Hubo un momento de silencio cuando los dos pensaron que la razón por la que Rob y Rena estaban tan tranquilos era que no tenían ni idea de que las aventuras de Tariq y Laura solían incluir encuentros con secuestradores, ladrones de bancos, volcanes, tiburones y otras cosillas letales por el estilo. Por razones de seguridad nacional, todo eso había permanecido en secreto.

—Entonces está decidido —afirmó Laura. Sin saber muy bien por qué, empezó a sentir mariposas aleteando en su vientre. Había estado intranquila desde que había abandonado el set de rodaje el día anterior, pero no sabía por qué.

Su tío llevó los platos y las tazas al fregadero y empezó a lavarlos.

–Sí, está decidido, pero con una condición.

–Ya sabía yo que habría alguna trampa.

–No hay trampa, pero quiero que me prometas que no te meterás en problemas. Todos los países extranjeros pueden ser peligrosos, pero Rusia es más mortífero que la mayoría.

Laura se levantó de un brinco y fingió un interés repentino por secar los platos. ¿Cómo podía darle su palabra, si eran los problemas los que salían a su encuentro? El día que había pasado en el rodaje de la película era un ejemplo perfecto: estaba tan contenta mirando a una joven actriz que recogía flores y, de repente, en cuestión de segundos, su husky se veía inmerso en una tragedia de vida o muerte.

–¿Laura?

Sus hoyuelos se hicieron más profundos.

–Oh, tío Calvin, no habrá ningún problema. Estaremos en un rodaje hollywoodiense y cuidarán de nosotros a todas horas. Además, tú mismo has dicho que Skye es el mejor guardaespaldas del gremio.

Él se rio mientras le daba un plato, con los musculosos antebrazos salpicados de espuma.

–Seguro que tienes razón. Por lo menos prométeme que lo vivirás como unas vacaciones y que disfrutarás en lugar de andar buscando misterios donde no los hay.

Laura se relajó. Eso sí podía hacerlo.

–Lo prometo.

4

—¿**Nevará** o debería llevar pantalones cortos? –preguntó Laura mientras miraba indefensa el interior de su armario–. ¿Y pantalones vaqueros? ¿Me harán falta dos o tres pares? ¿Y cómo narices voy a meter el plato y las golosinas de Skye en la maleta? Acabo de empezar a hacerla y ya pesa una tonelada.

Tariq, que estaba acostado en la colcha de Laura y se apoyaba en el peludo lomo del husky como si fuera una almohada, levantó la vista de las páginas de su guía de Rusia.

—Según esto, San Petersburgo es la ciudad del mundo situada más al norte, y vamos a estar allí durante las famosas Noches Blancas. Según parece, es de día casi las veinticuatro horas y el sol apenas se oculta tras el horizonte. ¿No es increíble? Algunas personas ni se molestan en ir a dormir. Se pasean junto al río Neva o se van a alguna cafetería o al Hermitage, que es uno de los museos más grandes del mundo. Tiene más de tres millones de obras de arte.

–Tiene una pinta buenísima, pero ahora sí que no me entero. ¿Las llaman Noches Blancas porque hace mucho frío o porque es como verano durante todo el atardecer? ¿O un poco las dos cosas?

–Según la guía, la temperatura puede oscilar entre trece y veintitrés grados. Yo me llevo toda la ropa que tengo, que no es mucha, y tú deberías hacer lo mismo. No creo que haga tiempo de pantalón corto y no te harán falta las golosinas. En Rusia también hay perros, ¿sabes? Seguro que hay tiendas de animales donde comprar comida.

–Sí, pero estas son sus favoritas y...

El timbre de la puerta ahogó el resto de la frase. El atronador ladrido de Lottie hizo eco en las escaleras.

Skye saltó de la cama y salió corriendo de la habitación. Tariq se incorporó.

–¿Esperas a alguien?

Laura cerró la maleta y contestó:

–Que yo sepa, no. Mi tío nos lo habría dicho antes de irse a trabajar esta mañana. Quizá sea el cartero.

Bajó a toda prisa seguida por Tariq. Skye y Lottie gruñían y olisqueaban junto a la puerta principal. Laura se asomó por la mirilla. Un ramo de flores le tapaba la visión y ocultaba casi por completo a quien lo portaba.

Laura se apartó de la puerta. La última vez que alguien había ido al número 28 con un envío, había sido una artimaña de Póquer de Ases para secuestrarla, y no estaba dispuesta a repetir la experiencia.

–¿Qué ocurre? –Tariq se asomó por la mirilla mientras el timbre volvía a sonar y Lottie emitió otra retahíla de ladridos ensordecedores–. Qué raro.

–¿Raro el qué?

–Es el coordinador de especialistas de la película. ¿Qué crees que quiere?

–No lo sé, pero, sea lo que sea, parece urgente.

Laura quitó la cerradura y abrió con una sonrisa. El hombre estaba bajando las escaleras. Cuando Laura lo llamó, se volvió con una reticencia extraña, casi como si hubiera cambiado de idea y hubiera preferido que no hubiera nadie en casa.

–¡Disculpe! Siento haber tardado tanto en abrir. ¿En qué puedo ayudarle?

—Pues verá, le traigo esto, señorita Marlin. —Le entregó las flores con brusquedad.— Para darle las gracias. No sé si se acuerda de mí, en el rodaje. Soy Andre March, el coordinador de especialistas.

Laura estaba atónita. Se quedó mirándole a través de un matorral lleno de amapolas, rosas y acianos.

—Es usted muy amable, pero no se me ocurre qué he podido hacer para merecerlo.

El hombre dirigió su mirada a Tariq, que permanecía en lo alto de las escaleras sujetando el collar de Skye con gesto protector.

—No es tanto por lo que ha hecho usted, sino su husky. Le salvó la vida a Ana María. De no ser por él, no volvería a trabajar en el sector. Mi vida estaría arruinada. De hecho, lo dejo. Brett Avery no me ha despedido, pero me ha quedado claro que tengo que irme.

Laura se sintió mal por él.

—Lo lamento mucho. Me siento culpable. Verá, se podría decir que Skye, mi husky, provocó el accidente al salir tras la pomerana. Pensaba que era un juguete. Es culpa mía. Yo tenía que haberlo sujetado con más fuerza.

Se avecinaba una tormenta, y la precedía una brisa fresca y cortante, pero, aun así, había gotas de sudor sobre la frente de Andre. Se las secó con la manga de la camisa. El hombre, tras mirar con agitación a la señora Crabtree, la vecina de Laura, que había elegido ese preciso momento para salir corriendo al jardín a rescatar la colada del tendedero, dijo en voz baja:

–¿Sería posible que pasemos dentro a hablar en privado?

Laura tenía la negativa en la punta de la lengua, por aquello de tener cuidado con los desconocidos. Pero después el hombre añadió:

–Su amigo y los perros pueden escuchar lo que tengo que decir. No quiero hacerles daño. Solo quiero devolverle el favor que me ha hecho.

–¡Qué flores tan bonitas, Laura! –gritó la señora Crabtree, la vecina de Laura, que iba toda vestida de morado–. ¿Son del estudio de cine? ¡No me digas que ya te están tratando como a una estrella! ¿También se hace con los «figurantes»? En mis tiempos eso no pasaba. A la gente que aparecía en las escenas de multitudes se la llamaba extra y en los títulos de crédito figuraban como «chica que barre la calle» o «carterista cojo». No les daban flores ni vacaciones pagadas en San Petersburgo. Pero quizá sea la recompensa por el heroísmo de Skye. La tal Ana María esa se podía haber matado...

Empezaron a caerle goterones a Laura en el brazo.

–Perdone, señora Crabtree –dijo, prácticamente empujando a Andre escaleras arriba–. Tenemos una reunión urgente con el coordinador de especialistas de la película.

–¿Especialistas? Espero que tengáis un buen seguro...

Por suerte, la lluvia cayó con fuerza y obligó a la señora Crabtree a recoger la colada y salir huyendo. Laura y Andre entraron a toda prisa, seguidos por Tariq y Skye. Lottie gruñó y ladró hasta que Laura la hizo callar. Por regla general no se le habría ocurrido invitar a su casa a alguien que era prácticamente un desconocido sin que su tío estuviera presente, pero estaba bien protegida, y además su vecina era testigo.

–¿Quiere algo de beber? Tenemos té, café y zumo. Creo que es de mango.

Andre negó enérgicamente con la cabeza y se mantuvo junto a la puerta.

–No puedo quedarme. Solo quería... –Se detuvo.– Esto es un error. Debería irme.

–No pasa nada –lo tranquilizó Tariq–. Los perros no muerden, y nosotros tampoco.

–¿Seguro que no quiere ni un vaso de agua? –preguntó Laura–. No tiene buen aspecto. ¿Tiene migraña o algo así? Por favor, no se preocupe por devolver favores. Me alegro de que Skye estuviera al quite, pero actuó por instinto. Yo no tuve nada que ver.

–Quizá, pero es su perro. Estoy en deuda con los dos. Lo único es que... –Alzó la manga y secó más gotas de sudor.– Bueno, no estoy seguro de que me lo agradezcan. Pensarán que estoy loco, como el resto del equipo.

Laura intercambió una mirada con Tariq. Se arrepentía de haber dejado a Andre entrar en casa. Estaba actuando de forma tan extraña que no podía culpar a sus compañeros de trabajo de considerarlo un poco perturbado.

–Claro que no pensaremos que está loco –mintió–. ¿Qué quería decirnos?

–Adelante –lo animó Tariq.

Andre respiró profundamente.

–¿Saben que se dice que algunas películas están malditas?

–Nunca había oído que una película estuviera maldita, pero he hecho un trabajo escolar sobre egiptología y había una maldición de por medio –replicó Tariq–. Cuando el arqueólogo Howard Carter abrió la tumba de Tutankamón en 1923, ocurrieron un montón de cosas espeluznantes. Casi todos los que habían estado en el momento de abrir la tumba fueron víctimas de accidentes, enfermedades inexplicables e incluso muertes.

Andre estaba impresionado.

—La verdad es que trabajé en un documental sobre Tutankamón, así que me suenan las historias de la antigua maldición que destruiría a cualquiera que molestara al faraón niño en su tumba. Nuestra investigación demostró que casi todas eran teorías de conspiración. Es decir, que el mismo Carter murió de viejo. La única historia que da miedo de verdad es la de Lord Carnarvon, el hombre que financió la excavación. Le picó un mosquito cuando abrieron la tumba. La picadura se infectó, y Lord Carnarvon enfermó de gravedad. En el mismo instante en que murió en Egipto, su perro, que estaba en Inglaterra, lanzó unos aullidos escalofriantes y cayó muerto.

Skye, que había clavado en Andre sus vivarachos ojos azules, inclinó la cabeza y gimoteó. Esto hizo que a Laura le recorriera un escalofrío por la espalda. El coordinador de especialistas estuvo a punto de descomponerse del susto.

—Sí, pero ¿qué tiene eso que ver con la película? —inquirió Laura, decidida a mantener la conversación en contacto con la realidad—. ¿Insinúa que *El ladrón aristocrático* está maldita?

–La película no, el set. Hace años que oigo hablar de rodajes de películas que atraen un desastre tras otro. La mayoría son películas de miedo, como *El cuervo*. Nunca me han gustado demasiado esas historias, y siempre me las he tomado con una dosis de escepticismo. Algunas son más creíbles que otras, pero siempre he pensado que cuando una parece auténtica se debe sobre todo a alguna coincidencia.

»Cuando estaban rodando la película de *El cuervo*, ocurrieron muchas cosas extrañas. Hubo un incendio y una electrocución, y Brandon Lee, el hijo de Bruce Lee, la leyenda de artes marciales, murió por culpa de una pistola que en principio estaba cargada con balas de fogueo.

»En el rodaje de la película de James Bond titulada *Quantum of Solace*, Daniel Craig, en el papel de Bond, se hizo un corte en la cara y tuvieron que darle ocho puntos. Una semana después se rebanó la punta de un dedo durante una escena peligrosa. Además, se produjo un incendio en el set y un par de dobles se hirieron en dos accidentes diferentes. Uno de ellos acabó hundiendo misteriosamente un deportivo Aston Martin en el lago Garda, en Italia. –Al presentir la impaciencia de Laura, añadió de forma apresurada:– Bueno, voy al grano. Quizá se dieron cuenta de que, cuando Ana María estaba en peligro ayer en el acantilado, vacilé. Les aseguro que por lo general reacciono al revés. Mi trabajo depende de que mantenga la calma durante una crisis. Superviso a dobles y actores todos los días cuando se prenden fuego, se estrellan con el coche o se lanzan desde acantilados.

Tariq se sentía confuso y preguntó:

—Pero esas cosas no son reales, ¿verdad? Son efectos especiales.

—Sí, así es. Pero muchas escenas de riesgo pueden ser muy peligrosas si no se realizan bien.

—¿Y qué falló ayer? —preguntó Laura.

Una pequeña sonrisa iluminó el rostro de Andre.

—¿Quieres decir aparte del husky que decidió que Britney sería un tentempié delicioso?

—Sí, aparte de eso.

—Tres cosas... y todas mortales en potencia. —Las enumeró con los dedos:— Uno, las cuerdas y mi arnés estaban cortados.

La sangre se aceleró en las venas de Laura. Por fin habían llegado al grano.

—¿De forma deliberada? Es decir, ¿no estaban desgastados, por ejemplo?

Andre le lanzó una mirada afilada, como diciendo: «Confíe en mí, soy un profesional.»

–Las habían cortado con un cuchillo aposta. No hay nada más deliberado que eso. Dos, cuando descendí por el acantilado más tarde para averiguar por qué la toma había sido un desastre absoluto, descubrí que la plataforma sobre la que Ana María se había apoyado, la que yo mismo había construido, había sido desatornillada en dos sitios diferentes. Tres, el centro de la red de seguridad había sido desgastado cuidadosamente con una cuchilla. Aunque hubiera caído en la red, Ana María la habría atravesado.

–¿Alguien trataba de matarla? –preguntó Tariq horrorizado.

–Si eso fuera lo único que ha salido mal desde que empezamos la película, habría sacado la misma conclusión. Pero no es así. Han ocurrido tantos incidentes extraños que no sé por dónde empezar. La noche antes de que nos fuéramos de Los Ángeles, cinco de los miembros del equipo sufrieron una intoxicación alimentaria y tuvimos que irnos sin ellos.

»Y eso no ha sido todo. Durante nuestra primera tarde en St Ives, el director de fotografía se tropezó con una silla que estaba tirada en un pasillo oscuro y se rompió las dos muñecas. Y ayer un coche sin identificar que circulaba a toda velocidad giró frente al camión que transportaba el equipo técnico y este acabó volcando. Milagrosamente, el conductor del camión solo sufrió heridas leves. No obstante, el material, valorado en miles de libras, quedó destruido.

–¿Tiene idea de quién o qué podría haber provocado todo esto? –preguntó Laura–. Dice que la producción está maldita. ¿Cree que hay fantasmas?

Andre emitió una risa hueca.

–Señorita Marlin, yo no creo en fantasmas, espíritus malignos ni ningún otro acontecimiento sobrenatural o fantástico. Sí que creo que alguien, un ser humano, quiere detener la filmación y que hará cualquier cosa por conseguirlo.

–Pero ¿quién tomaría medidas tan desesperadas? –interrogó Tariq.

–¿Y por qué? –insistió Laura.

–No lo sé, y no pienso quedarme a averiguarlo. –Andre miró ansiosamente su reloj.– Salgo en el tren de las 14.33 a Newquay. No lo puedo perder. Cuanto antes vuelva a Los Ángeles, mejor. Pero no podía marcharme sin avisarlos. Usted y su perro deben dejar la película cuanto antes. Creo que, si van a Rusia, ocurrirá algo terrible.

Laura casi se rio.

–No podemos. Hemos firmado un contrato.

–Además, la productora nos ha dado los billetes de avión y nos ha reservado las habitaciones del hotel –añadió Tariq–. Mañana vendrá un coche para llevarnos al aeropuerto. Ya está todo en marcha.

–Pues deténganlo. Puede que sus vidas dependan de ello. Solo son extras. No es que los vayan a echar de menos.

–Vaya, muchas gracias –exclamó Laura secamente–, pero ¿no se le ha olvidado algo? –Le puso la mano a Skye en la cabeza. El perro les miraba la cara como si entendiera cada palabra.– Quizá nadie nos eche de menos, pero a Skye sí. Brett Avery se ha gastado una fortuna en los visados y en los trámites para su transporte. Dudo que le devuelvan un solo penique. Y, aunque yo quisiera deshacer el contrato, que no quiero, Avery seguramente le pondría una demanda a mi tío. De ninguna manera dejaré que eso ocurra por unos cuantos incidentes extraños que ni siquiera tienen por qué estar conectados.

–Ni yo –afirmó Tariq.

Laura sonrió y prosiguió:

–Gracias por haber venido hoy, Andre. Iremos a San Petersburgo, pero no se preocupe, tendremos cuidado. ¿Cómo dice el refrán? «Mujer prevenida vale por dos.» Nos andaremos con ojo.

Andre torció el gesto.

–Bueno, que así sea. Que nadie diga que no he cumplido con mi deber. Me voy con la conciencia tranquila, pero creo que están cometiendo un error muy grave. Hay muchas formas de no cumplir el contrato. Podría fingir una enfermedad o vendarle la pata al husky y decir que se la ha roto. Si no hacen nada y ocurre algo malo, la culpa será solo suya. –Abrió la puerta principal con una expresión próxima al pánico y añadió:– Buena suerte, señorita Marlin. La va a necesitar.

5

Laura apretó la nariz contra la ventana del avión de British Airways y observó el paisaje ruso que les daba la bienvenida. Era plano y árido, salpicado de fábricas. Un lago de bronce resplandecía a lo lejos. Cuando el avión tocó suelo en la pista, Laura vio pasar a toda velocidad muchos abetos puntiagudos que parecían escobas invertidas.

–¿Crees que hemos hecho bien al ignorar la advertencia de Andre sobre el viaje? –preguntó Tariq mientras esperaban el equipaje. Un oficial muy serio y con estrellas en las charreteras del blanco uniforme les había sellado el pasaporte.

–En primer lugar, no teníamos más remedio que venir –contestó Laura–. Habíamos firmado un contrato, ya habían comprado los billetes y todo estaba preparado. En segundo lugar, tenemos un misterio que resolver. Así estaremos entretenidos durante las largas horas en las que no nos necesiten para el rodaje. Y me da que habrá horas muertas para rato.

–Pensaba que tu tío te había dicho que nada de problemas.

–Sí, así es, pero también nos ha ordenado, varias veces, que cuidemos el uno del otro y que nos mantengamos a salvo. Si no investigara un poquito para asegurarme de que nadie tiene previsto tirarte un ladrillo a la cabeza o envenenar a Skye, estaría rompiendo mi promesa.

–¿Qué es eso de veneno y ladrillos volantes? –preguntó Kay, que se acercaba con un carro–. Habéis leído demasiadas novelas de detectives. Cuando estaba documentándome para *El ladrón aristocrático*, vine a San Petersburgo y me pareció una de las ciudades más civilizadas y más bonitas de la tierra. Gloriosa. Ya veréis.

Durante la mayor parte del camino desde el aeropuerto, Laura pensó que si Kay y el autor de la guía consideraban aquel lugar tan atractivo era porque necesitaban gafas. Al principio, todo parecía de un monótono color gris. Los edificios de hormigón se amontonaban desangelados a ambos lados de las autopistas, sobre las que los pasos elevados se enlazaban como serpientes luchando. Una estatua gigante de Vladímir Lenin, el revolucionario comunista que se erigió en dirigente de la Unión Soviética en torno a 1920, se alzaba sobre el tráfico. Una gruesa capa de polvo marrón hacía que los coches y los edificios parecieran todavía más insulsos.

Laura abrazó a Skye, que había saltado al asiento trasero entre ella y Tariq después de que lo recogieran de equipajes especiales y de que enseñara los dientes ante las protestas del chófer contratado por la productora, un ruso arisco que apenas hablaba inglés.

Laura pidió disculpas, pero se negó a mover al husky, alegando que necesitaba estar cerca de ella después de un vuelo tan largo y angustioso.

–En realidad es muy bueno. Lo que ocurre es que lleva viajando casi veinticuatro horas y está algo revuelto.

Kay se puso de su lado explicándole al conductor que Skye no era un husky cualquiera.

–En Inglaterra le salvó la vida a una niña. Es más, está a punto de hacerse tan famoso como Lassie. ¿Ha oído hablar de Lassie? ¿No? Si le hace sentir mejor, se puede sentar encima de mi abrigo, pero de ninguna manera vamos a irnos del aeropuerto sin él. Es uno de los nuestros y vamos a viajar juntos.

El conductor puso el motor en marcha y el vehículo emitió un gruñido que podía competir con el de Skye. En ese momento, Laura sintió que Kay le caía cada vez mejor. Había algo tan directo, honrado y cálido en la guionista que era imposible que resultara antipática.

Una vez que cruzaron las puertas de la ciudad, una sensación de asombro inundó a Laura. Era como si hubieran atravesado una cortina mágica que los transportaba a otro mundo. En cuestión de un momento estaban avanzando por un bulevar de tres carriles flanqueado por una arquitectura magnífica. Daba la impresión de que el fundador de la ciudad, el zar Pedro el Grande, hubiera recogido los mejores edificios y monumentos de París, Roma, Praga, Londres y otras grandes ciudades y los hubiera depositado en San Petersburgo.

Los colores también cambiaron. Junto a un restaurante verde pálido se alzaba una mansión de color rosa crepuscular bordeada de crema. Además de estatuas, había museos, viviendas y comercios pintados de color herrumbre o azul pastel o amarillo mostaza. Al adentrarse en el centro de la ciudad, vieron que todavía los esperaban muchas maravillas. Junto a los canales, transitados por barcas, cisnes y patos salvajes, resonaba el trote de los coches de caballos. Eran casi las siete de la tarde y el sol todavía brillaba en un cielo azul eléctrico.

—¿Os podéis creer que el nombre de la ciudad ha cambiado tres veces? —observó Kay—. En 1914 pasó a llamarse Petrogrado y, una década después, Leningrado. Hasta 1990 no recuperó el nombre de San Petersburgo. Es mi favorito.

El trayecto duró casi una hora, y Laura se alegró de llegar al Hotel Pushka Inn, que sería su hogar durante los diez días siguientes. Se alegró todavía más cuando vio la habitación que compartiría con Kay y Skye. En el techo titilaba una araña de cristal, y unas cortinas de terciopelo rojo enmarcaban las puertas francesas. Escogió la cama situada junto a la ventana, que era tan blanda que casi la engulló cuando se sentó en ella. El baño era rosa y blanco y tenía una bañera tipo *jacuzzi*.

Pero lo mejor era el balcón, que se asomaba sobre el canal. Skye salió corriendo y gruñó hambriento a un cisne que pasaba flotando.

—Te daré de comer dentro de un minuto y te sacaré a dar un buen paseo —le dijo Laura—, pero solo si prometes alejarte de las criaturas pequeñas. Y de las grandes. En Rusia hay osos. No quiero que te coman.

Tariq, que estaba alojado en una habitación simple contigua, salió a su encuentro.

–Mi cama es tan grande que me preocupa perderme en ella. ¿Te importaría prestarme a Skye esta noche?

–En absoluto. Siempre y cuando tengas claro que es como dormir con una bolsa de agua caliente peluda. Si te despistas, intentará ocupar también tu almohada.

–¿No es maravilloso? –exclamó Kay al asomarse al sol–. Estamos en el techo del mundo. Y es que San Petersburgo está en esa zona del mapa, ya sabéis, al mismo nivel que Helsinki, en Finlandia. Estamos tan cerca del Ártico que casi podríamos alcanzarlo con la mano. –Enganchó su brazo al de Laura.– Venga, compañera de cuarto, vamos a darle de comer a tu precioso lobo y después os llevaré a Tariq y a ti a cenar.

Laura no se cepilló los dientes ni se puso el pijama hasta después de las diez. Aunque notaba cansancio físico, se encontraba bien despierta, lo cual podría deberse al chocolate caliente que se había tomado con la cena. Era tan espeso que se lo había tenido que comer con la cuchara. Ya solo por esa razón, Laura había decidido que, junto a St Ives, San Petersburgo era su lugar del mundo favorito.

–Es alucinante –le había explicado a su tío, que la había llamado mientras caminaban de vuelta al hotel–. La habitación es preciosa y la comida está riquísima. Pensaba que íbamos a comer repollo hervido y sopa de patata todas las noches, pero hemos tomado sopa de remolacha. Se llama *borsh*. Se come con nata agria y pan negro de centeno. Suena repugnante, pero está divina. Después hemos comido tarta de manzana y un chocolate para morirse.

Él se había reído.

–Me alegra oír eso. San Petersburgo siempre ha estado en mi lista de ciudades de visita obligada. Bueno, acuérdate de tu pobre tío. Estoy en un hotel en Londres que tiene el mismo encanto que una prisión de máxima seguridad y me paso el día entero trabajando para organizar la protección de la visita de Ed Lucas. Es una pesadilla. *Él* es una pesadilla. Se diría que lo que quiere es que lo asesinen. Se comporta como si se fuera de vacaciones. De repente le da por visitar un museo y luego una galería, o comer en tal o cual restaurante. Sale rumbo a Moscú mañana por la mañana, y no hemos organizado ni el cincuenta por ciento de las medidas de seguridad.

–Parece que es un auténtico pelmazo. Pero si alguien puede protegerle, ese eres tú.

–Espero que tengas razón. Duerme bien, Laura, y saluda a Skye y a Tariq de mi parte. Os echo de menos.

–Y nosotros a ti, tío Calvin. Ojalá estuvieras aquí.

–Ojalá, Laura. Ojalá.

Laura se enjuagó la pasta de dientes de la boca y se miró en el espejo del baño. Su tío siempre le recordaba que, con ese pelo rubio y corto que tenía y sus ojos grises y serios, era la viva imagen de su madre, la hermana de Calvin, que había muerto al nacer Laura. De su padre, supuestamente un marinero estadounidense, nunca había habido ni rastro. Laura había soñado muchos años con que se materializara un día en el hogar infantil de Sylvan Meadows y se la llevara a una casa con una familia cariñosa. Ahora se alegraba de que su sueño no se cumpliera. Calvin Redfern era el mejor padre que podía tener cualquier niña que estuviera loca por el misterio y aspirara a convertirse en detective.

Por esa razón se sentía culpable de no haberle contado nada de la visita de Andre ni de su advertencia. Justificaba aquella omisión diciéndose que su tío tenía otras cosas más importantes en la cabeza. Pero la verdadera razón por la que no había dicho nada era que temía que les prohibiera a Tariq y a ella subir al avión y viajar a Rusia.

Sonó un golpe en la puerta del baño.

–Laura, ¿va todo bien ahí dentro, o es que te ha tragado el desagüe?

Laura salió sonriendo.

–Lo siento, Kay. El baño es el sitio donde mejor pienso.

–En ese caso, yo usaré primero el baño a partir de ahora. Así podrás tomarte tu tiempo para pensar.

Laura se rio y se metió de un salto en la blandísima cama. Skye estaba en la habitación contigua con Tariq. Se le hacía raro pensar en dormir cuando el sol seguía brillando fuera. Tomó la guía y empezó a leer sobre las famosas Noches Blancas de San Petersburgo. Debió de quedarse dormida casi de inmediato, porque la voz de Kay la despertó unos minutos después.

–¿Has puesto tú esto aquí, Laura, o crees que es una costumbre local particular esto de dar la bienvenida a los huéspedes con una carta?

Los ojos de Laura se abrieron de golpe. Kay estaba sentada al borde de su cama y sujetaba una carta de baraja. No era una carta cualquiera. Era un *joker* pintado meticulosamente con una sonrisa maligna.

Se le heló la sangre.

–¿Dónde la has encontrado?

–Aquí, metida entre la almohada y la colcha. ¿Por? ¿Pero qué te ocurre? Tienes muy mala cara.

Antes de ir al restaurante, Laura había dejado su pijama en la cama de Kay. Cualquiera que hubiera entrado en la habitación –por ejemplo, un espía infiltrado entre el personal del hotel– habría supuesto de inmediato que ella dormiría en ese lado de la estancia, no Kay. Laura sintió su rostro tan helado como una mascarilla funeraria, pero forzó una sonrisa.

–Creo que el día tan largo me está pasando factura. Estoy hecha polvo. Esto... ¿te importaría que le echara un vistazo a la carta?

Kay bostezó.

–Adelante, pero apago la luz dentro de unos treinta segundos. Como siga mucho más tiempo despierta me convertiré en una calabaza.

Laura tomó la carta y se le pusieron los pelos de punta con solo tocarla. Era como sostener una rebanadita de maldad. Kay no podía saber –y Laura no pensaba contárselo– que el *joker* era la tarjeta de visita de Póquer de Ases. Tampoco podía saber que la banda había jurado vengarse de Laura, Tariq y Calvin Redfern por su implicación en la captura de varios de sus miembros más prominentes.

Durante aquellas detenciones, el cerebro de Póquer de Ases, un personaje misterioso conocido como el señor As, había logrado escabullirse. Para quienes buscaban justicia, no ayudaba mucho que ningún agente de policía del mundo tuviera su descripción. Controlaba cada división de Póquer de Ases a distancia, a través de Internet y mensajes encriptados; era una araña en el centro de una siniestra red.

Daba miedo, pero parecía que el señor As había reconocido a Laura. Incluso había llegado a escribirle un mensaje en junio después de que Laura contribuyera a frustrar el robo de un banco en Kentucky. Y en ese momento sus palabras volvieron a atormentarla.

¡Bravo, Laura Marlin! Eres una adversaria temible. Hasta que volvamos a vernos... Sr. As

—Buenas noches —dijo Kay perezosamente mientras apagaba la luz—. Dulces sueños.

Pero cualquier tipo de sueño era imposible para Laura. Permaneció rígida y fría en la oscuridad, deseando que Skye estuviera con ella y no durmiendo con Tariq en la habitación contigua.

La carta era un mensaje para ella, de eso no le cabía la menor duda. Póquer de Ases sabía que se hallaba en Rusia. La estaba esperando.

6

—No deberíamos haber venido –le dijo Laura a Tariq en el desayuno cuando Kay se fue de la mesa al mostrador del bufé–. Teníamos que haber seguido el consejo de Andre y habernos inventado la excusa de que Skye estaba enfermo o herido. Hay miles de huskies siberianos en Rusia. Seguro que a alguno de ellos le falta una pata delantera.

Hizo una pausa cuando la camarera llegó con dos platos repletos de tortitas doradas. La sonrisa de Tariq podría haber iluminado la estancia. Inmediatamente empezó a echarle miel y nata agria a su ración. Laura se arrepintió de haber pedido la suya.

El cansancio y la preocupación le habían dejado mal cuerpo.

–Podríamos habernos inventado una historia para librarnos del contrato –le concedió Tariq–, pero habría estado mal. Además, nos apetecía muchísimo venir. Dijiste que sería una aventura.

–Eso fue antes de averiguar que Póquer de Ases estaba esperándonos. Ahora quiero montarme en el próximo vuelo a casa.

El tenedor de Tariq se detuvo a medio camino de su boca.

–Laura Marlin, no puedo creer que hayas dicho eso. ¿Qué haría Matt Walker en tu situación? ¿Huir?

Laura examinó una mancha en el mantel.

–No sería huir, sería... actuar con sensatez.

Tariq le puso la palma de la mano en la frente.

–Tienes la piel caliente. Puede que estés incubando algo. O eso, o un alienígena ruso ha abducido a mi mejor amiga.

Laura apartó su mano.

–Tariq, va en serio. Piensa en lo que nos ha hecho pasar la banda de Póquer de Ases. Por su culpa nos han secuestrado dos veces, casi morimos ahogados y por poco nos fríe un volcán.

Tariq tomó el cuchillo y el tenedor y reanudó la tarea de cortar tortitas.

–Sí, y hemos sobrevivido a todo eso gracias a ti. Eres una detective increíble..., tan buena como Matt Walker. De acuerdo, supongamos que la carta es un mensaje para ti. Calvin Redfern dice que Póquer de Ases deja esa carta en plan guasón. Es su forma de decir a la policía o a cualquier otra persona tras su pista que planea un gran golpe y que la banda está segura de que va a salirse con la suya.

–¿A dónde quieres ir a parar? –Laura mojó un cuadradito de tortita en los cuencos de miel y de nata agria y se la metió con cuidado en la boca. La combinación de sabores resultaba inesperada y maravillosa.

–¿Qué haría Matt Walker en esta situación?

Laura comió varios bocados más de su tortita mientras reflexionaba. Su héroe detectivesco solía aceptar trabajos que le permitieran vigilar a un sospechoso hasta verlo actuar. Entonces pasaría a la acción.

–Supongo que haría lo que estamos haciendo. Buscaría un empleo que le permitiera mezclarse con la multitud y ver sin ser visto. Trabajaría de incógnito, por ejemplo, como extra en una película.

–Figurante –puntualizó Tariq.

–Perdón, siempre se me olvida. Sí, trabajaría como figurante. Y, mientras tanto, investigaría la serie de accidentes ocurridos durante el rodaje, para averiguar quién o qué los ha provocado. Supongo que lo bueno de interpretar papeles insignificantes en la película es que tenemos tiempo de sobra para escaparnos, explorar San Petersburgo e intentar descubrir los planes de Póquer de Ases. Por desgracia, la carta del *joker* significa que Póquer de Ases ya nos está vigilando. Eso nos quita el elemento sorpresa. A menos que...

–¿A menos que finjamos no haberla recibido?

–Exacto. Si nos mostramos felices y emocionados y seguimos actuando como si nada hubiera ocurrido, es posible que bajen la guardia. Las otras veces solo han intentado hacernos daño cuando nos hemos acercado a alguna de sus operaciones. Podríamos aparentar que estamos tan enfrascados en el sueño de Hollywood y en las maravillas de San Petersburgo que dejaríamos de tener interés por resolver misterios.

Tariq dijo para chincharla:

–¿Significa esto que al final no vas a subirte en el próximo vuelo a Inglaterra?

–¿Quién, yo? Ni soñarlo. Bueno, vale, sí se me ha pasado brevemente por la cabeza, pero después me he acordado de que Matt Walker nunca jamás ha huido. Ni mi tío. Pero, Tariq, tenemos que tener cuidado. Si vemos algo sospechoso, vamos a mantenernos al margen. Llamaremos al tío Calvin inmediatamente para que pueda avisar a las autoridades.

Tariq hizo un saludo militar.

–A sus órdenes, mi capitán.

–¿Por qué estáis sonriendo tanto vosotros dos? –preguntó Kay al sentarse con una bandeja cargada de alimentos sanos, como yogur natural, fruta y muesli–. Vaya pinta de pillos que tenéis. ¿Qué estáis tramando?

Laura le dedicó una sonrisa angelical.

–¿Pillos nosotros? En absoluto. Nos estamos preparando para nuestros nuevos papeles. Puede que solo seamos artistas figurantes, pero vamos a ser los mejores figurantes del mundo.

Para Laura, había algo surrealista en salir del hotel y encontrarse la calle que había visto el día anterior –una vía como otra cualquiera– convertida por el equipo de la película en un escenario histórico. Había diligencias y hombres paseando caracterizados con chalecos soberbios y calzas. Una mujer ataviada con un vestido largo rojo y un llamativo sombrero hablaba por el móvil mientras se bebía un café junto a la caravana del cáterin. No lejos, un actor con sombrero de copa jugaba a un videojuego en su iPad.

–Para mí, uno de los encantos más peculiares de trabajar en un drama de época como *El ladrón aristocrático* es poder asistir a una estampa como esta –dijo Kay–. Me parece muy gracioso cuando los actores vestidos con ropa del siglo XIX hacen cosas del siglo XXI, como comer hamburguesas, beber Coca-Cola o jugar a *Angry Birds* en el móvil.

–¿Qué vais a rodar hoy? –preguntó Tariq.

–La escena en la que Oscar de Havier, el ladrón aristocrático de la historia, conoce a Violet, la niña huérfana, y Flash, su husky de tres patas. Como ya sabéis, Ana María interpreta a la huérfana y Skye, a Flash. En la escena, Violet está a punto de ser atropellada por el carruaje de Oscar. Después sigue un enfrentamiento. –Bajó la voz y prosiguió:– Ese de ahí es William Raven, el actor que encarnará a Oscar de Havier... Una elección que trajo polémica.

Laura dirigió la mirada al mismo sitio que Kay y vio a un hombre de pelo plateado vestido con un abrigo largo y negro y unas botas relucientes que estaba hablando con el director. Brett Avery tenía un cuaderno en la mano y tomaba notas a toda prisa.

En teoría, Brett era el jefe, no al revés, pero la altura del actor y su rostro atractivo y arrogante le daban una presencia que hacían que la complexión fibrosa de Brett pareciera enjuta y algo apocada.

El director alzó la mirada y los vio. O más bien vio al husky.

–¡Chicos! ¡Chicos! Traed aquí a Skye.

–Cualquier actor que aparezca en la próxima escena debería estar ya en peluquería y maquillaje, pero Skye es precioso tal y como está –rio Kay–. Id a saludar a William Raven. Quiero saber qué os parece.

Poca cosa, opinó Laura para sus adentros mientras se acercaban. La mirada heladora del hombre los recorrió a Tariq y a ella con la intensidad inquisitiva del foco reflector de una cárcel.

–Este es el perro del que te he hablado –decía Brett Avery con entusiasmo infantil–. Y estos son sus maravillosos dueños. Actores jóvenes y estupendos. Chicos, os presento a la estrella de la película, William Raven... Una futura leyenda de Hollywood, si mi palabra cuenta para algo.

Puesto que no los había visto actuar, Laura sospechaba que el director estaba exagerando su importancia para ocultar el hecho obvio de que había olvidado sus nombres.

Brett acarició a Skye en la cabeza con cierta cautela.

–¿Qué te parece, William? Todo un descubrimiento, aunque sea yo quien lo diga. El público vendrá en manada a verlo. Ya sabes que le salvó la vida a Ana María. Saltó desde un acantilado y la sacó de un mar embravecido. Un acto extraordinario.

El actor sonrió de forma estudiada.

–Eso he oído. No sabía que fuera minusválido.

El genio de Laura estalló.

–No es minusválido –exclamó–, y qué si lo fuera. Un coche lo atropelló cuando era un cachorro y no pudieron salvarle la pata, pero es cincuenta veces más sano, fuerte y rápido que la mayoría de los perros de cuatro patas, y mucho más útil que cualquier humano que yo haya visto..., sea o no famoso.

Brett Avery se mostró muy agitado.

–Por supuesto que sí, por supuesto que sí. ¿No era eso lo que estaba diciendo? Oh, no sabía que fuera tan tarde. ¿Nos disculpas, William? Estoy seguro de que Laura no quería ofenderte. Perdón, lo siento, nos vemos pronto.

Se llevó consigo a los niños, agarrando a Laura del hombro hasta que ella hizo una mueca de protesta. En cuanto estuvieron fuera de la vista del actor, el director se detuvo y los miró. Al empujar las gafas de culo de botella sobre el puente de su nariz, Avery pareció más que nunca un cuervo enfadado.

—Ahora estáis en el rodaje, así que os voy a dar un aviso. Si volvéis a hablar así a mi actor estrella, haré que seguridad os saque del set y os meta en el primer vuelo de vuelta a Inglaterra. ¿Ha quedado claro?

—Pero ha insultado a Skye —protestó Laura indignada—. Yo no le he ofendido. Él nos ha ofendido a nosotros.

—Por mí como si dice que tu tía abuela Bertha se parece a una ballena. Sonríes y te aguantas. William Raven paga nuestros salarios. O al menos su hermano el productor de cine. El señor Raven es un hombre de... ¿cómo lo diría?... gran sensibilidad. Por lo que veo, voy a tener que intervenir rápidamente para evitar que os despidan. Si volvéis a molestarlo y deja la película, no la acabaremos, y ciento cincuenta y seis actores, extras y miembros del equipo se quedarán sin trabajo. ¿Me habéis entendido bien?

—Sí —murmuraron al unísono.

—Perdón —añadió Laura.

—De acuerdo, ya pasó. Si el señor Raven dice que saltéis, lo único que deberíais preguntaros es «¿hasta dónde?». –Miró su reloj.– Lleva a Skye con Otto, el adiestrador de animales, cuanto antes. Lo necesitamos en la próxima escena.

–¿Y nosotros? –preguntó Tariq–. ¿Nos necesitáis?

–En absoluto. Tenéis suerte de que no os haya echado del rodaje. Apartaos del equipo y de los actores y no habléis a no ser que alguien se dirija a vosotros.

7

–Si solo os habéis apartado de mi lado cinco minutos… ¿Cómo es posible que hayáis molestado al gran William Raven?

A Laura se le encogió el corazón. Lo último que quería era disgustar a Kay, su única amiga en Rusia. Estaba a punto de disculparse torpemente, cuando la guionista le dio con el dedo en las costillas y se rio.

–Tranquila. No te culpo en absoluto. Menudo elemento es ese hombre. Skye vale cien veces más que él. De todas formas, me alegro de que por fin alguien se haya enfrentado a él. Desde que empezó el rodaje ha estado tratando a todos, incluido Brett, como si fueran sus criados. Fijaos en cómo lo están ayudando a subir al carruaje para la próxima escena. Cualquiera creería que es un verdadero aristócrata, no un actor representando su papel.

Les puso los brazos sobre los hombros y los acompañó a una caja de atrezo metálica a la que podrían subirse para ver al equipo de producción preparar la escena de un mercado callejero. El carruaje estaba aparcado a cierta distancia. Tariq, a quien le encantaban los caballos, observaba extasiado el magnífico par de ejemplares negros que el equipo estaba enganchando al carruaje. Hacía un día cálido y azul y el sudor les resbalaba por el cuello. Un mozo de cuadras afanoso los limpió y les peinó las crines.

Al otro lado de la calle, Skye estaba sentado, obedeciendo a Otto, el adiestrador de animales. A Laura se le hacía raro ver a otra persona ocupándose de Skye, pero le reconfortaba saber que a Otto le gustaban de verdad los animales. El husky parecía muy contento. De vez en cuando, miraba a Laura, pero la mayor parte del tiempo, al igual que Tariq, estaba absorto ante la actividad frenética de la calle.

Mientras esperaban, Chad MacFarlane, un adolescente de California, le daba de mala gana un refresco a William Raven. Chad tenía el aspecto de uno de esos jugadores de fútbol americano que quitan el hipo o de un miembro de un grupo de música juvenil, pero su única actividad parecía ser quejarse de que su trabajo como recadero –un chico para todo en el rodaje– no estaba a su altura. Laura tenía la impresión de que lo estaba haciendo únicamente con la esperanza de ser descubierto por un cazatalentos y de convertirse en una superestrella. Según Kay, su café era imbebible y su habilidad para hacer bocadillos, inexistente.

William Raven se acomodó en el asiento del carruaje y se puso el sombrero y la capa que lo transformaban en el aristócrata Oscar de Havier.

Laura dijo con cierto desinterés:

–Kay, antes nos has dicho que la elección del señor Raven para el papel trajo polémica. ¿Por qué?

Kay volvió la cabeza para mirarla.

–Es confidencial. Si os lo digo, no puede salir de nosotros tres. ¿Trato hecho?

–Trato hecho.

–Te damos nuestra palabra –insistió Tariq.

–Todo empezó hace seis semanas, el día antes de que voláramos al Reino Unido para empezar el rodaje. El reparto estaba listo, el equipo contratado y teníamos todo preparado para marcharnos. A la mañana siguiente, llegamos al estudio de cine y encontramos a varios miembros del equipo llorando. Tiger

Pictures había quebrado, al parecer, de un día para otro. Y si eso no era bastante malo, nuestro actor principal, una estrella de Hollywood enorme (os podría decir su nombre pero entonces tendría que mataros), abandonó el proyecto sin dar explicaciones.

»Todos estábamos destrozados, especialmente Brett y yo. Llevábamos unos cinco años luchando por conseguir que esta película viera la luz. El *Hollywood Reporter* publicó un artículo sobre nuestras penurias. En cuestión de días, ocurrió algo milagroso. Otra productora se puso en contacto con nosotros. No solo quería financiar la película, sino que estaba dispuesta a darnos el dinero al día siguiente. Al principio estuvimos buscándole pegas, pero no había ninguna. Mick Edwards, el nuevo productor, solo puso una condición.

–Quería que un miembro de su familia o un amigo protagonizara la película –adivinó Tariq.

–Chico listo. Exactamente. William Raven es un buen actor, así que no era su talento lo que nos hacía dudar, pero por cuestiones de *marketing* hubiéramos preferido una estrella de Hollywood consolidada. También sabíamos que la razón por la que Raven no se ha convertido en un nombre famoso es que el público suele reaccionar mal ante él. Lo encuentran frío.

Laura observó cómo el actor se subía a la carroza y se preparaba para la siguiente escena. Estaba demasiado lejos de él para ver su expresión, pero todavía se acordaba del escalofrío que había recorrido su piel cuando William Raven la había mirado fijamente.

–Sí, me lo imagino.

–Por desgracia, no teníamos otra opción. Básicamente nos habían dado la orden de contratarlo. Por entonces, trabajaba de ilusionista, algo que no nos daba mucha seguridad, pero estábamos entre la espada y la pared. O Brett y yo abandonábamos el proyecto al que habíamos dedicado cinco largos años o aceptábamos que William fuera nuestra estrella. Para bien o para mal, dijimos que sí.

–¿Y qué tal ha ido hasta ahora? –preguntó Tariq–. ¿Para bien o para mal?

–Lo cierto es que, aparte de que se comporta como la *prima donna*, William ha estado genial. Es la menor de nuestras preocupaciones. Ha habido una serie de incidentes que nos han provocado mucho más que un dolor de cabeza. Nada de que preocuparse. En realidad son cosas sin importancia. Oh, fijaos, están a punto de empezar el rodaje.

Antes de que Laura pudiera preguntar sobre los incidentes de los dolores de cabeza, que imaginaba que eran los que tanto habían inquietado a Andre March, alguien gritó:

—¡Acción!

Las cámaras empezaron a rodar.

Ana María, de nuevo vestida como Violet la huérfana, llevaba a Skye por la acera llena de andrajosos vendedores ambulantes. Había puestos repletos de fruta y verdura, otros con queso, salchichas, lámparas de aceite y montones de telas de colores. Un niño con el rostro mugriento mendigaba un pedazo de pan.

Por la calle empedrada apareció la reluciente carroza tirada por el orgulloso par de caballos. Sus cuellos se arqueaban y sus crines flotaban al viento mientras trotaban junto a los puestos del mercado, animados por el inquieto látigo del conductor. Oscar de Havier solo era visible como una sombra en la parte trasera de la carroza.

Mientras el vehículo traqueteaba calle arriba, un hombre con un cargamento de pollos se tambaleó con su mercancía y empujó a Ana María, que salió despedida a la calzada.

Hasta ahí todo estaba en el guion. Por desgracia, la puerta de la jaula se abrió y una de las gallinas salió aleteando, cruzó la calle y cacareó. Los caballos se encabritaron con violencia, lanzando al conductor, que cayó al suelo. Tras la ventana del carruaje apareció fugazmente el rostro aterrado de William Raven, antes de que el vehículo se alejara por la calle arrastrado por los dos caballos descontrolados.

Todo el mundo empezó a gritar y a asustarse a la vez.

Kay se levantó de la caja de atrezo.

–Oh, Dios mío. Esto no puede estar pasando. ¡Laura, rápido! Corre a por Skye antes de que aumente el caos persiguiendo a la gallina.

–¡Otto, haz algo! –gritó Brett Avery–. ¡Detén a los caballos! ¡Salva a William! Si la carroza llega a la calle principal, se matarán todos.

Por desgracia, Otto era un hombre orondo como una pelota de playa y se quedaba sin aliento con solo ver a alguien correr en televisión. No estaba preparado físicamente para ser un héroe. Lo único que hizo fue gimotear de desesperación y tirar de los pocos mechones de pelo que le quedaban. Calle abajo, una pareja de fornidos miembros del equipo trataron de tomar las riendas de los caballos cuando pasaron galopando a su lado. Los animales los esquivaron, haciendo que el carruaje diera violentos tumbos.

El mozo de cuadras los persiguió, pero era un hombre alto y desgarbado, nada preparado para correr, y los caballos lo dejaron atrás sin esfuerzo.

Los gritos desesperados de William se hicieron más débiles:

–¡Que alguien me salve! ¡SO-CO-RRO!

–Yo lo haré –dijo Tariq de repente.

Antes de que Kay pudiera detenerlo, echó a correr a través del aparcamiento de la unidad de producción, esquivó camiones y saltó gruesos montones de cables negros. Tomó un atajo con el objetivo de alcanzar a los caballos antes de que llegaran a la calle principal.

A excepción de Kay y Laura, nadie se había fijado en él. La mayoría de la gente estaba demasiado ocupada observando el carruaje, que se dirigía a toda prisa hacia un desastre seguro.

Brett Avery estaba furioso.

–¡Haced algo, idiotas! –gritaba sin dirigirse a nadie en particular–. Oh, estoy arruinado. Totalmente arruinado.

Laura sujetó el collar de Skye con fuerza y oteó la escena entornando los ojos bajo la luz del sol, con el corazón en un puño. No parecía posible que Tariq alcanzara a los alocados caballos antes de que los engullera el tráfico. Aunque lo consiguiera, le aterraba pensar en lo que podría ocurrirle. Los caballos habían empujado o pisoteado a los pocos que reunieron valor para intentar detenerlos. Uno tenía un corte profundo en la pierna y al otro parecía que le hubiera pasado por encima una horda de jabalíes salvajes. El conductor del carruaje estaba inconsciente.

Kay se encontraba junto a Laura.

–¿Pero Tariq qué se cree que está haciendo? Si acaba en urgencias, la responsable soy yo.

Uno de los cámaras la oyó hablar y dirigió su lente hacia el joven a la carrera. La luz roja de la grabación estaba encendida.

–Es impresionante. Creo que nunca he visto a un niño correr tan deprisa. Es como un corredor olímpico. No me preocuparía por su bienestar. No alcanzará a los caballos. Para cuando cruce el puente, estarán... No me lo puedo creer. No puedo creer lo que ven mis ojos.

Laura tampoco. Tariq se había dado cuenta de que no podría alcanzar a los caballos desbocados si tomaba el puente del canal a cincuenta metros de donde estaba, así que saltó de la orilla a una barcaza en movimiento. Ignoró los furiosos gritos del guía turístico, que estaba explicando las maravillas de San Petersburgo a veintiocho turistas japoneses, recorrió la eslora de la barcaza y saltó a una lancha amarrada.

Desde allí, se lanzó a un bote de remo mecido por las olas que provocaba la barcaza, por lo que Tariq estuvo a punto de caer de cabeza al agua, pero logró salvarse agarrándose a un escalón de hierro que salía de la pared del canal. Para cuando regresó a la orilla, la noticia se había extendido por todo el set de rodaje. Los cámaras estaban rodando y todos se habían quedado petrificados.

–Se va a matar, no me cabe duda –dijo una mujer vestida de vendedora ambulante.

Tariq salió directamente a la calzada, cerca del tráfico ensordecedor. Kay se tapó los ojos con las manos, pero miraba entre los dedos, y murmuró:

–Por favor, dime que no va a ofrecerse a sí mismo como una especie de escudo humano. Morirá aplastado.

–No conoces a Tariq –dijo Laura con lealtad–. Tiene un don con los caballos... con todos los animales. No le harán daño. No pueden.

Kay la tomó de la mano.

–Espero que tengas razón.

En el set de rodaje se hizo el silencio. Todas las miradas estaban puestas en el joven bengalí mientras los caballos se abalanzaban sobre él.

Hubo un momento de verdadero infarto, cuando el ángulo de la carroza y los caballos ocultaron por unos instantes al joven, y Laura pensó que lo pisotearían. Después ocurrió algo increíble. La carroza frenó y, con una sacudida, se detuvo de forma abrupta. Cuando los caballos volvieron a estar a la vista, Tariq los estaba dirigiendo. Una mano saludó débilmente desde la ventana de la carroza.

William Raven había superado la terrible prueba.

La gente empezó a vitorear. Decenas de personas corrieron para ofrecer sus simpatías al actor y alabar a Tariq, pero un grito del director los detuvo donde estaban.

–Si os importa vuestro trabajo, quedaos donde estáis hasta que la carroza llegue a salvo al set de rodaje, los caballos estén atados y William pise suelo firme. Si rodeáis la carroza, podríais provocar otra estampida.

Laura se moría por correr al encuentro de Tariq, pero no se atrevía. Cuando se estaba acercando, vio que movía los labios al hablar a los animales para tranquilizarlos. Les decía que estaban a salvo. Pero hasta que no llegó al set y entregó los caballos a Otto y al mozo de cuadras Laura no vio lo pálido y tembloroso que estaba.

Laura lo estrechó en un abrazo de oso.

–Estoy muy orgullosa de ti. Eres increíble..., un verdadero héroe.

–Sí, lo eres –afirmó Kay–. Si no fuera por ti... Si los caballos hubieran alcanzado la calle principal... Si...

Tariq se puso colorado. Odiaba que le dieran tanta importancia.

–No ha sido nada. Cualquiera habría hecho lo mismo.

–Sí, pero solo lo has hecho tú.

William Raven le ofreció a Tariq la mano.

–Gracias, joven. Has evitado una catástrofe. Como poco me has salvado de una estancia prolongada en el hospital.

Su gratitud parecía sincera, pero sus ojos estaban más helados que nunca. Laura se preguntó cuánta gente perdería su empleo por aquel incidente antes de que acabara el día.

Tariq parecía incómodo, pero le estrechó la mano al actor.

–No hay de qué, señor Raven. Me alegro de haber podido ayudar.

Brett Avery llegó corriendo.

–¿Ayudar? No solo has ayudado, le has salvado la vida. Ya van dos veces en una semana que tú y Laura Marlin (o más bien su perro) habéis sacado a una de mis estrellas de las garras de la muerte, y lo habéis hecho como si nada. ¡Espero que solo sea coincidencia que cada vez que aparecéis en mi rodaje se produce un accidente! –Se rio y añadió:– Es broma. Ahora en serio, estoy en deuda con vosotros.

El cámara ha estado grabándolo todo, así que ahora tenemos todavía más material para el Óscar. ¿No estás de acuerdo, William? Estamos en deuda con estos muchachos.

Los dientes blancos del actor volvieron a resplandecer.

—Sí que estamos en deuda con ellos..., y yo siempre pago mis deudas.

Cuando los hombres se alejaron, a Laura le pareció extraño que aquellas palabras, dichas en principio con amabilidad, hubieran sonado tan inquietantes.

8

En un mundo ideal, Laura habría empezado de inmediato su investigación sobre el último
accidente, pero no tuvo ocasión. Brett Avery uti-
lizó un megáfono para anunciar que el rodaje se
suspendía el resto del día mientras extremaban las
precauciones en el set para evitar que volvieran a
ocurrir desastres similares.

–Esa es la razón oficial –señaló Kay–. La razón
real por la que tenemos el día libre es que William
Raven no quiere estar presente cuando Brett eje-
cute sus órdenes y despida a Otto, el adiestrador
de animales, o al extra que dejó que la gallina se

escapara, o al mozo de cuadras que no alcanzó a los caballos, o... ya me entendéis.

Laura estaba horrorizada.

–Pero seguro que Brett no le hace caso y no despide a toda esa gente.

–Seguro que no. Brett puede ser un poco impulsivo, pero en el fondo es un pedazo de pan. No obstante, tendrá que cambiar de puesto a los acusados para que nuestra estrella sienta que sus deseos se toman en serio. Lo único que me preocupa es que tengamos más... incidentes de estos y que nos quedemos sin equipo.

–¿Qué incidentes? –preguntó Laura de forma inocente.

Kay no pudo seguir ocultando su preocupación y dijo:

–Todos los rodajes de películas conllevan su ración de drama. Ya sabéis, incendios, lesiones, peleas... Pero nosotros hemos tenido más de lo que nos correspondía. Coincidencia, seguro, pero por el bien de los ánimos del equipo nos vendrían de maravilla unos días en los que todo saliera sobre ruedas.

–¿Crees eso? ¿Que no es más que coincidencia? –inquirió Tariq.

Kay se quedó mirándole sorprendida.

–¿Qué otra cosa puede ser? Es decir, ¿quién iba a prever que la gallina se saldría de la jaula en el momento justo para asustar a los caballos? Es mala suerte, eso es todo. Puesto que tenéis la tarde libre, ¿qué os parece si os organizo una visita al Museo del Hermitage?

–¿Mala suerte? ¿Coincidencia? Yo no creo en ninguna de las dos, y Matt Walker tampoco –dijo Laura cuando cruzaban el canal y recorrían la corta distancia hasta el Hermitage. Había bajado la voz para que no la oyeran ni Vladímir, su guía ruso, ni el variopinto grupo de miembros del equipo de cine que iba tras él camino del museo–. Estos «incidentes», como dice Kay, solo los puede haber causado alguien que conoce en detalle el programa diario del rodaje. ¿Cómo, si no, podría haber planeado cada «accidente»? Tenemos que averiguar quién es esa persona y si hay más de una antes de que alguien se haga daño de verdad o de que ocurra algo peor.

–¿Y si no podemos?

–Podremos –contestó Laura con tanta decisión que incluso Tariq, que consideraba que su mejor amiga era la persona más amable que conocía, sintió un escalofrío por la espalda.

En ese momento, doblaron una esquina y vieron el Hermitage, uno de los museos más importantes y grandes del mundo, y olvidaron todos aquellos pensamientos. Lo que lo hacía especialmente emocionante era la banda de músicos con gorros de piel de oso que recorría la Plaza del Palacio a los pies de un ángel encaramado en lo alto de una columna gigantesca. Laura y Tariq permanecieron bajo su mirada y contemplaron el museo verde, dorado y blanco.

–Seguidme, seguidme –gritó Vladímir, un hombre jovial con un bigote negro y rebelde. Valiéndose de una combinación de encanto y fuerza bruta, se abrió paso entre los turistas que abarrotaban la entrada del museo. Un guardia sonriente les hizo señas desde el otro lado de las barreras.

Vladímir subió jadeando la Escalera del Jordán, una impresionante escalinata de granito, mármol y oro.

–De todas las magníficas atracciones de San Petersburgo, el Museo del Hermitage es la creación de la que estamos más orgullosos. Lo fundó Catalina la Grande en 1764 y lleva abierto al público desde 1852. La colección cuenta con más de tres millones de obras de arte...

–¿Tres millones? –exclamó Laura–. Podríamos pasarnos aquí días enteros.

El bigote de Vladímir se agitó.

–Hoy solo veremos una parte...

Laura era una apasionada del arte y tenía tantas ganas como Tariq de visitar el Hermitage, pero ni por asomo se habría podido imaginar las impresionantes dimensiones del museo ni la cantidad de tesoros que albergaba. El monólogo de Vladímir los hizo suspirar y reír mientras los guiaba con gran experiencia por los cuatro edificios históricos que forman la parte del museo abierta al público.

Cada uno era más impresionante que el anterior, aunque el favorito de Laura era el Palacio de Invierno, una de las residencias de los zares rusos. También le gustó un cuadro de Van Gogh que parecía moverse como si una tormenta enorme se estuviera gestando en su interior. Tariq estaba fascinado con la sección de Egiptología, que tenía jeroglíficos, momias y una estatua del faraón Amenemhat III, que vivió en 2100 años antes de Cristo.

Vieron frescos realizados por alumnos de Rafael y el carro utilizado durante la coronación de Catalina la Grande. Tariq, que era un artista tapicero de gran talento, quedó cautivado por los tapices religiosos, mientras que Laura se quedó prendada del color en los cuadros de Matisse, Gauguin y Kandinsky. Otro de los momentos culminantes fue cuando contemplaron la estatua del niño acuclillado de Miguel Ángel. Era tan real que Laura casi esperaba que el niño se incorporara y echara a andar.

Llevaban ya tres horas caminando cuando dieron las cinco. Laura estuvo a punto de echarse a llorar de alivio al oír que Vladímir proponía hacer una parada para tomar un chocolate caliente y un pastel. Le había salido una ampolla por culpa de las botas nuevas.

A esa hora la cafetería estaba tranquila, así que no les costó encontrar mesa. Después de que Vladímir se excusara para hablar con un amigo, Tariq ayudó a Colin, un extra delgado con gesto afable y somnoliento, a acercar sillas. El grupo se sentó en un círculo algo extraño iluminado por un tragaluz.

Laura echó un vistazo a los demás ocupantes de la cafetería. Desde que Kay había encontrado el naipe, Laura había estado pendiente de que ningún espía de Póquer de Ases la estuviera siguiendo. De momento no había visto nada inusual, pero era importante estar alerta.

Sus pensamientos se centraron en el tema más inmediato: ¿quién o qué estaba aterrorizando al equipo de rodaje? Estaba pensando el modo de sacar el tema del carruaje descontrolado cuando Peggy, una mujer de pelo rizado y unos cincuenta y tres años de edad, oriunda de Norfolk, lo hizo por ella.

—Eres el héroe del día, Tariq. ¿Y tú qué opinas? ¿Habría que llamar a la policía o necesitamos a los Cazafantasmas?

—¿Cómo? —dijo Tariq evasivo, sorprendido por verse convertido en el centro de atención.

—Me preguntaba —repitió Peggy bien alto— si crees que este último «accidente» en el set de rodaje ha sido provocado por algún tipo de malhechor o si se debe a algo sobrenatural. —Le clavó un tenedor a su pastel.— Laura y tú no tenéis ni idea de lo que estoy diciendo, ¿verdad? Os pondré al día. Lo que ha ocurrido esta mañana, con los caballos desquiciados que casi matan a William, es la cuarta o quinta catástrofe que hemos visto desde que ha empezado el rodaje. Hemos tenido gente envenenada, un par de lesiones de muñeca y hemos perdido la mitad del equipo técnico en un accidente. Si no fuera por tu husky, Laura, Ana María podría haberse ahogado en Cornualles.

—La gente dice que es una película maldita —dijo Colin en voz baja.

Sebastian Wright, un joven actor británico que prometía ser una estrella, parecía encontrar todo aquello muy gracioso. Inclinó su silla hacia atrás y se puso las manos en la cabeza.

–¿No creerás en esas tonterías supersticiosas?

Chad MacFarlane levantó la vista de su trozo de pizza y replicó:

–¿Qué insinúas? ¿Que no crees en las maldiciones?

–Papá Noel o el Hada de los Dientes me parecen más creíbles –respondió Sebastian–. No, amigo mío, solo creo en los hechos. Hay dos opciones. Puede que un chiflado se haya embarcado en una cruzada para destruir la película, pero ¿por qué razón haría alguien algo así? O podría ser incompetencia pura y dura por parte del equipo de producción.

–A lo mejor son unos bromistas de tomo y lomo –dijo Bob Regis, un vendedor de seguros jubilado de Hull. Bob le había explicado a Laura que a su mujer no le gustaba viajar. Trabajar como figurante le había servido de pasaporte para ver el mundo.

–Pensad en lo ocurrido esta mañana –prosiguió Sebastian sin prestarle atención–. Alguien no había cerrado bien la jaula de las gallinas. Si yo estuviera dirigiendo la película, habría usado un látigo para darles a los caballos un buen susto, y así nos habríamos librado del idiota de William Raven de una vez por todas.

La sorpresa provocó un silencio.

–Eso que has dicho es horrible –reprochó Peggy al fin–. William se creerá muy importante, es cierto, pero seguro que no estás sugiriendo que preferirías que estuviera muerto.

–Oh, vamos, Peggy, no seas ingenua. Todo el equipo está deseando que le ocurra algo malo. Yo soy el único lo bastante sincero como para admitirlo. Es insufrible.

Chad dijo con impaciencia:

–Si algo le ocurre al viejo Raven, ¿creéis que Tiger Pictures traería de vuelta a Jon Ellis-Harding?

Laura y Tariq descubrieron qué estrella de Hollywood tenía el papel principal antes de ser sustituida tras la quiebra del estudio.

–Menuda vieja gloria –se mofó Sebastian–. Nos iría mejor si le dieran el papel a Skye. Incluso el perro es mejor actor.

–Chad, me recuerdas a alguien –dijo Bob Regis–. Llevo dándole vueltas desde que nos conocimos. ¿Por casualidad no estarás emparentado con Hugo Porter, el que protagonizó aquella película sobre el vigilante del faro?

Furioso por los comentarios de Sebastian, Chad no le hizo caso.

–¿Cómo puedes decir eso? Jon Ellis-Harding es uno de los mejores actores de la historia. Es mil veces mejor que tú.

Bob Regis se incorporó y anunció:

–Creo que ya he oído bastante. Si alguien me necesita, estaré en la tienda de regalos.

Laura le sonrió y Tariq movió su silla, pero los demás no se inmutaron por su partida.

Laura observó a los jóvenes discutir como si en cualquier momento fueran a desafiarse a un duelo. En cierto modo, no le sorprendía. Eran opuestos. Sebastian venía de una familia rica, se había graduado en Cambridge y era una estrella en ascenso que aparecía a menudo en la portada de las revistas. En *El ladrón aristocrático* interpretaba a un artista ambicioso al que lograban convencer para que usara su talento en la falsificación de una obra maestra.

Chad, en cambio, era un recadero, uno de los peores trabajos del set de rodaje. Laura había oído a varias personas burlarse de él.

–No es lo que se dice un lumbreras –había dicho uno.

Sin embargo, a juzgar por las apariencias, cabría pensar que Chad tenía más posibilidades de triunfar como actor, con una mirada azul y soñadora, el pelo rubio impecablemente peinado, la piel dorada y el cuerpo de un nadador olímpico. Sebastian, en cambio, era bajito y tenía los miembros delgados y flojuchos, sin músculo. Sus ojos, con las pestañas muy largas, dominaban su cara y le daban el aspecto de un basset-hound.

Pero Kay les había explicado a Laura y a Tariq que se equivocaban si pensaban que cualquier cazatalentos que se preciara elegiría a Chad antes que a Sebastian. El primero, dijo Kay, se parece a otros diez mil chicos sanotes de Norteamérica.

—Si paseáis por Sunset Boulevard, en Los Ángeles, veréis tanta gente perfecta que creeréis que los fabrican en serie.

Para ser un gran actor, les explicó, había que ser diferente. Las cámaras adoraban a Sebastian. Por la calle pasaría desapercibido, pero en pantalla era camaleónico: tan capaz de ser profundo o romántico como de hacer de villano oscuro y magnético.

—A Chad como mucho lo contratarían para actuar en un anuncio de cereales. Para Sebastian, en cambio, no hay límites.

Sebastian, que era consciente de su ventaja, se dedicaba a meter el dedo en la llaga de Chad.

—Por lo menos me pagan por actuar en películas. No me paso el día haciendo un café asqueroso y limpiando caca de caballo.

Chad apretó los puños. Echó la silla atrás con el rostro desfigurado por la rabia.

—Te vas a...

–¿Hemos tenido una pausa agradable y relajante? –preguntó Vladímir, que avanzó por la cafetería hacia ellos con una amplia sonrisa en la cara–. ¿Tienen los pies más descansados? ¿Han disfrutado de los pasteles? Deliciosos, ¿verdad? Bien. Entonces ya están listos para una visita especial. Vamos a ver lo que podría considerarse el cuadro más extraordinario del Hermitage. Estuvo perdido durante siglos. Cuando fue hallado, todo el mundo del arte lloró de alegría. Es una obra maestra, de valor incalculable. Su precio no podría pagarse solo con dinero. Es único, profundo, misterioso...

–Por el amor de Dios, ve al grano, hombre –dijo Peggy–. ¿Nos llevas a ver el cuadro o no?

Vladímir pareció indignado.

–Por supuesto que sí, señora. Pero estamos hablando de arte, no de hacer la compra. Ante todo, respeto. Ahora, por favor, vengan por aquí.

9

Después de la gran propaganda de Vladímir, la primera reacción de Laura ante el cuadro fue de desilusión. De hecho, estaba más impresionada por la sala en la que se encontraba alojada la obra: la sala Leonardo da Vinci.

La calidad de la luz en la galería y el tamaño de la ventana fueron lo primero que llamó su atención. Desde el momento en el que cruzó las puertas recubiertas de carey y herrajes dorados, la amplitud espacial distinguía esa galería de las demás secciones del Hermitage. Cada detalle parecía realzado, como si hubiera un filtro especial. Los motivos de lapislázuli de la chimenea de mármol eran del mismo azul exquisito que la playa de Porthminster en un día soleado. Las pinturas del techo bullían de vida.

En cambio, la obra maestra en cuestión, *La Virgen con el niño y flores*, conocida como Madona Benois, era casi sosa. Laura se puso de puntillas para intentar ver a través de un hueco entre la procesión de visitantes y no entendía por qué era tan importante.

Mucho más interesante le pareció que el cuadro estuviera situado junto a una ventana sin barras de seguridad, una ventana medio abierta que daba al río Neva. Supuso que el cuadro tendría alarma y que habría guardias patrullando las salas que pasarían a la acción si alguien intentaba llevárselo, pero desde luego parecía muy vulnerable. No obstante, Vladímir le aseguró que el Hermitage era inexpugnable.

–A lo largo de los siglos, solo una vez ha habido ladrones aquí, todos ellos empleados del museo. No se llevaron más que objetos sin importancia a lo largo de varios meses: algunas piezas de cerámica, estatuas pequeñas y cosas del estilo. Créanme, el castigo que se les impuso ha servido como disuasión para otros.

Ahogando un bostezo, Laura se inclinó para aflojarse los cordones de las botas. Se estaba preguntando si le apetecía ir cojeando a ver la Madona Litta, cuando un hombre mayor llamó su atención. Estaba sentado en un banco y agarraba con fuerza el palo de madera de una mopa. Laura tuvo la impresión de que, sin esa sujeción, el anciano se desplomaría por la cintura. Meneaba la cabeza constantemente, como esos perros que asienten en las ventanas de los coches. Su rostro estaba arrugado como un cacahuete, pero a todo el que pasaba le dedicaba una desdentada sonrisa sin ton ni son. Parecía demasiado anciano para ser un empleado de limpieza, pero desde luego ese era el aspecto que tenía.

–Ese es Igor –dijo Vladímir, que se acercó a ver si todo iba bien–. Está senil y apenas habla, pero en una ocasión garabateó su nombre en un papel. Como está tan decrépito, al personal del museo le pareció muy divertido que su nombre signifique Guerrero. Algunas veces se comportan como niños traviesos. Se inventan historias sobre el pasado de Igor, cada una más divertida y fantástica que la anterior.

–¿No tiene familia?

–No que sepamos. Apareció hace un año... un hombre hambriento de la calle. Siempre estaba fregando e intentando limpiar ventanas, tratando de conseguir algún rublo desesperadamente. La policía se pasaba el día ahuyentándolo, pero llegó el invierno y el director del Hermitage se apiadó de él. Le encomendó pequeños trabajos de limpieza en algunas salas del sótano. Para sorpresa de todos, resultó que Igor era muy competente y de total confianza. Al final le encargaron la tarea de limpiar y sacar brillo al suelo del museo. –Saludó con la mano a Igor y le dijo en ruso:– Buenos días, amigo.

Igor sonrió y meneó la cabeza con entusiasmo.

Vladímir le murmuró a Laura:

–Está obsesionado con esta sala. El personal del museo se lo suele encontrar aquí sentado con lágrimas en los ojos. Creen que los cuadros de la Madona y el niño (porque hay dos, como puedes ver, la Benois y la Litta) le recuerdan a la familia que quizá haya perdido.

–¿Ha perdido a su familia? –Como era huérfana, Laura sentía una compasión enorme por cualquiera que estuviera solo en el mundo.

–Puede que no lo sepamos nunca. No es que nos lo pueda contar. Lo trajo aquí el viento y quizá se vaya del mismo modo. –Vladímir hizo un gesto hacia la Madona Benois y añadió:– Bueno, me parece que no te ha impresionado nuestro cuadro especial. ¿Me concederías el privilegio de explicarte por qué es una de las obras más grandes que el mundo haya visto? Se cree que fue el primer cuadro terminado por el propio Leonardo en 1478. Lo creyeron perdido durante siglos, hasta que el arquitecto Leon Benois lo exhibió en Rusia en 1909, causando una gran conmoción. Todavía hoy está rodeado de misterio: nadie está seguro de si es realmente obra de Leonardo o si está terminado.

Mientras Vladímir la conducía hasta el cuadro, Laura volvió la vista hacia Igor. Una familia con un niño pequeño muy ruidoso pasó frente a él parloteando en voz alta. El niño quería caramelos. En un intento desesperado por sacarlos del bolso de su madre, se tropezó con la mopa de Igor.

La mano del viejo se movió tan rápido que Laura solo la percibió como un borrón. Agarró el brazo del pequeño y evitó que se cayera al suelo de bruces. La boca del niño sorprendido se abrió en forma de O. Su madre y su padre estaban discutiendo ruidosamente sobre un cuadro y no se dieron cuenta de nada hasta que su hijo, de nuevo de pie y asustado, emitió un grito penetrante. Avergonzados, lo recogieron y salieron a toda prisa de la sala.

Igor se levantó trabajosamente. Se dirigió despreocupado hacia la ventana con la mopa. Solo Laura se fijó en que se marchaba. De pronto, el significado de su nombre, guerrero, le pareció menos gracioso. Fuera cual fuese la historia de su pasado, tenía la impresión de que el personal del museo no la había adivinado.

–Creerán que han visto todos los tesoros que puede ofrecer el Hermitage, pero tengo una sorpresa más para ustedes –anunció Vladímir.

Peggy se quejó:

–Oh, de ninguna manera. Yo me retiro. He disfrutado cada minuto, pero tengo los pies como si me los hubieran pasado por la picadora.

–Estoy de acuerdo –afirmó Bob–. Una experiencia increíble, pero otra sorpresa más y acabaré en urgencias.

Vladímir estaba consternado.

–Pero ni siquiera saben lo que les voy a enseñar. Será la guinda del pastel de este año. Una experiencia única en la vida... Una historia que contarles a sus nietos. Será...

–Lo siento, amigo –le interrumpió Sebastian–. Ha sido una pasada, pero es hora de cenar y de tomar un buen vodka. Así que te deseo das-vi-da-nia. ¿No se dice así adiós en ruso? –Miró directamente a Chad y añadió:– Además, tengo que estudiar el guion.

El muchacho estadounidense frunció el ceño.

–Gracias, Vlad, pero algunos de nosotros tenemos un trabajo de verdad.

Vladímir pareció tan compungido que Laura no tuvo valor de decirle que también ella estaba desesperada por volver al hotel a curar sus ampollas.

—A Tariq y a mí nos encantaría ver la sorpresa, sea lo que sea —le dijo.

Tariq sonrió lo mejor que pudo. No había aterrizado demasiado bien al saltar de la barca en movimiento por la mañana y, después de cuatro horas caminando, la rodilla le estaba matando.

—Por supuesto. Tiene una pinta buenísima.

—Mentes jóvenes e inquietas —dijo Vladímir triunfante al grupo que se marchaba—. ¿Acaso hay algo mejor? Esta es la parte más satisfactoria de mi trabajo.

Peggy se despidió con una mano cansada y en cuestión de un minuto se quedaron solos.

Vladímir sonrió.

—Estoy encantado con vuestra decisión. Os prometo que no voy a decepcionaros. Seguidme.

Laura y Tariq tendrían mentes jóvenes e inquietas, pero después de los rigores del día sus cuerpos se sentían por lo menos una década más viejos. Agarrándose entre sí en busca de apoyo, fueron cojeando detrás del incombustible guía. Afortunadamente, un ascensor oculto detrás de una cortina de terciopelo los bajó a toda velocidad al sótano, lo que les ahorró el descenso por las escaleras.

El sótano no tenía nada de la grandeza del museo. Estaba hecho una ruina y mal ventilado. El suelo era de madera y necesitaba un buen encerado. Llegaron a una puerta reforzada con chapa de metal que se abrió para dar paso a un almacén repleto de lienzos enrollados y estatuas envueltas con telas de lino.

Un hombre jorobado con una maraña de pelo gris alzó la vista hacia ellos y les cerró la puerta en las narices.

—No es nada personal —les explicó Vladímir—. Hay tesoros en esa sala que podrían competir con el Banco de Inglaterra. Su responsabilidad es mantenerlos a salvo.

Fueron hasta una puerta cerrada con llave. De pronto, el guía se puso muy serio.

—¿Sabéis guardar un secreto?

Laura casi se echó a reír. Todo resultaba bastante clandestino.

—Claro que podemos. ¿Qué va a enseñarnos? ¿Otra obra de arte perdida?

Tariq sonrió.

—Quizá el antiguo cuartel general de los espías de la KGB.

Vladímir levantó los brazos con disgusto. Se alejó con paso airado por el pasillo.

–Nada. No os enseñaré nada. Venga, vámonos. Aunque no seáis más que niños, pensé que erais diferentes. Confiaba en vosotros. Me...

Cojearon tras él.

–Vladímir, lo sentimos –dijo Laura–. Por favor, perdónenos. Estamos cansados. Eso hacemos cuando estamos cansados... Bromeamos.

–Yo también lo siento –añadió Tariq–. Sea lo que sea lo que quiere enseñarnos, estamos interesados de verdad. No se preocupe. Sabemos guardar secretos.

Hizo falta bastante esfuerzo para convencer a Vladímir, pero al final se ablandó.

–De acuerdo, os lo enseñaré, pero os advierto que nada de lo que veáis aquí puede salir de esta estancia. Si vuestros amigos de la película hubieran venido, también estarían al tanto. Pero como no han venido... –Se encogió de hombros.– ¿Cómo se dice eso en vuestro idioma? Están fuera del círculo de confianza. ¿Entendéis?

Los niños asintieron con entusiasmo.

Vladímir marcó un código en un teclado de la pared. La puerta se abrió, liberando un olor acre a óleo, lienzo y trementina. Era un olor que Laura asociaba a los estudios de los pintores de St Ives, y sintió una ola de nostalgia.

La sala era un maremágnum de lienzos a medio acabar, tubos que goteaban pintura y cepillos usados. En el centro de aquel galimatías, un joven con una mata de pelo rizado negro se inclinaba sobre un lienzo. Estaba pintando la crin de un caballo castaño con un pincel tan fino como el bigote de un gato.

Cuando vio a Laura y a Tariq, le espetó algo en ruso a Vladímir. Tranquilizado por la respuesta, retomó su tarea y no volvió a prestarles atención.

El guía los llevó hasta un lienzo cubierto por una tela blanca. Cuando la levantó, Tariq se quedó atónito.

—¡La Madona Benois! Pero si la acabamos de ver arriba. ¿Cómo ha llegado aquí tan rápido? ¿Es una copia?

Vladímir se rio y dijo:

—Es una imitación, sí, pero solo lo has adivinado porque has visto el original hace menos de diez minutos. Este cuadro engañaría a muchos de los mejores expertos del mundo. El artista, Ricardo, que es italiano, como Leonardo da Vinci, es un genio. —Y, levantando la mano, prosiguió:— No penséis mal. Ricardo no está en el negocio de la imitación de grandes cuadros para engañar ni para poner dinero en manos de ladrones. Usa su don solo por una buena causa: para restaurar obras maestras dañadas o para suministrar copias casi perfectas de las obras de los maestros como testimonio en caso de que alguna desaparezca por un incendio, un accidente o el paso del tiempo.

Tariq se acercó al cuadro.

—Parece una copia perfecta. Tiene incluso aspecto de viejo y desdibujado, como el de arriba.

—Es parte del talento de Ricardo. Aplica técnicas tan sofisticadas que ha engañado a muchos expertos que usan carbono catorce. Es el proceso que se utiliza para calcular la edad de un cuadro. Tenemos la suerte de que haya elegido trabajar con el Hermitage y no contra nosotros.

Laura examinó la obra. Antes, al verla de reojo entre los empujones de los turistas, su belleza se había difuminado. Pero ahora veía que el uso de la línea y la luz de Leonardo (o, en este caso, de Ricardo) al retratar a la Virgen María acunando a su hijo en el cuadro le confería al conjunto una cualidad etérea, casi espiritual. Creaba un ambiente muy particular. Laura sentía como si, a través de una ventana de la historia, estuviera observando una escena de la vida real.

—Es fascinante, pero ¿hay alguna razón concreta para traernos aquí?

—Pues sí, Laura. Este es el cuadro del que trata la película en la que trabajáis. ¿No recuerdas que en la historia un ladrón de la nobleza roba una obra de arte valiosísima? Por razones obvias, el Hermitage no permitiría a una productora de cine filmar el robo del cuadro de Leonardo. En vez de eso, el museo le recomendó a Brett Avery que encargara una copia exacta a Ricardo. Es muy caro, pero, como podéis ver, vale cada rublo que se le ha pagado. El director está encantado con el resultado. Creo que por eso me ha dado permiso para mostrar el cuadro terminado a un número reducido de personas.

Tariq estaba impresionado.

—A mí me parece que los cuadros son iguales. ¿Cómo puede distinguirlos?

Vladímir soltó una carcajada.

—Es imposible notar la diferencia a simple vista. Tal es el talento de Ricardo. Tiene una atención al detalle inigualable. Venid, mirad cómo pinta la crin del caballo. Hace que parezca de seda.

Laura se quedó mirando la Madona Benois. Según la guía, no todo el mundo creía que fuera obra de Leonardo. Y algunos expertos opinaban que, aunque fuera del italiano, estaba sin terminar. Para ella, eso no hacía sino aumentar el misterio. Además, tenía una textura suntuosa y cremosa que pedía a gritos que la acariciaran.

Movida por un impulso, la tocó.

El cuadro estaba húmedo. Apartó las manos y ocultó sus culpables dedos en los bolsillos de los pantalones. Había dejado una minúscula marca en una flor del cuadro. Era tan minúscula que dudaba que nadie la viera, pero para Laura, que ahora tenía el estómago revuelto, era escandalosamente llamativa. Ricardo sin duda la vería y se lo diría a Vladímir, que se lo transmitiría a Brett Avery. Laura caería en desgracia. La echarían y la meterían en el siguiente vuelo a Londres.

–¿Está todo bien? –preguntó Vladímir.

–¡Fenomenal! –exclamó Laura–. Lo estoy pasando en grande.

Los ojos de Tariq se cruzaron con los de ella. Algo le dijo a Laura que su amigo había visto lo ocurrido.

–Gracias por esta tarde tan estupenda, Vladímir, pero deberíamos irnos –dijo el joven–. Mañana nos espera un largo día de rodaje. Cuanto antes lleguemos al hotel, mejor.

–Cuanto antes, mejor –asintió Laura con un hilo de voz.

10

—«**Mucha prisa** y mucha espera», así lo llamamos entre nosotros —explicó Kay ahogando un bostezo—. Te pasas horas enteras sin hacer nada, aburrida como una ostra, y de pronto es como si al director le estallara un petardo debajo de la silla. Hay actividad frenética y a veces histeria, y después una grabación intensiva de tomas que en ocasiones duran solo unos segundos. Y después, ¡vuelta a esperar!

La guionista estaba sentada con las piernas cruzadas en un antiguo sillón de cuero en el aireado almacén que servía como espacio para que los actores y los miembros más experimentados del equipo esperaran entre tomas. Lo conocían como la Sala Verde. Laura y Tariq compartían un sofá sin muelles y usaban a Skye como respaldo. Encima de un cajón se apilaban tazas de café, botellas de agua y platos de papel espolvoreados con migas.

–Lo que no entiendo es por qué la mayoría de los actores no tienen el tamaño de un edificio –dijo Laura–. Si yo tuviera que dedicarme a esto para vivir, me pasaría el día tumbada, comiendo y leyendo.

–Pues, cielo, porque la mayoría de ellos están haciendo la última dieta de moda –intervino el diseñador de vestuario, que había oído lo que decía mientras se paseaba hacia la máquina de café–. Cuando no están ayunando, es decir, matándose de hambre, se toman tres batidos de pomelo y apio al día o se tragan pastillas de la selva amazónica con sopa miso. Haces bien en comer tarta, te lo digo yo. De todos modos, te alegrará saber que he venido aquí con un mensaje. Tariq y tú tenéis que ir a maquillaje. Vuestra escena empieza en breve.

–¡Viva! –exclamó Laura, levantándose con algo más de entusiasmo del que sentía. Desde el incidente del cuadro, había estado convencida de que el largo brazo de la ley caería sobre ella en cualquier momento y que, o bien acabaría encerrada por las autoridades, o Brett Avery le echaría la bronca del siglo. No sabía qué era peor.

Tariq no había sido de gran ayuda. Por alguna razón, todo el asunto le había parecido hilarante.

–No me río de que dejaras la huella dactilar en una obra maestra de Leonardo da Vinci –protestó él cuando ella hizo amago de pegarle–. Me río porque la expresión que pusiste después de tocarla no tenía precio. Parecías una niña cuando la pillan con la mano en el tarro de las galletas.

–Lo que no tiene precio es el cuadro, no mi cara, y seguramente tenga que pagarlo –dijo Laura irritada–. Yo no le veo la gracia.

–Lo siento. Pero, en primer lugar, sí que tiene precio. Solo es una copia. En segundo lugar, la marca es tan pequeña que haría falta una lupa para verla. Nadie va a hacerte pagar nada. Para empezar, nunca lo sabrán. Aunque Ricardo se diera cuenta de que el pétalo de la flor está ligeramente desnivelado, probablemente no lo asocie contigo. Teniendo en cuenta el estado de su estudio, seguramente pensará que una rata le ha pasado por encima o algo así.

Laura sabía que tenía razón, pero le carcomía la conciencia. Iban camino del departamento de vestuario con Skye cuando se detuvo de pronto.

—Tariq, creo que debería contarle a Brett Avery lo ocurrido y asumir las consecuencias.

—Laura —replicó Tariq con suavidad—, si le hubieras hecho algo al verdadero cuadro de Leonardo o si hubieras dañado de forma visible la imitación, yo sería el primero en decirte que se lo confesaras a Ricardo o a las autoridades del museo. Pero no lo has hecho. Entiendo que estés preocupada y lo siento por ti, pero lo que hiciste fue un accidente. Cuéntaselo a Brett si de verdad quieres, pero te puedo garantizar que todo adquirirá unas dimensiones desproporcionadas. Sin mirarlo siquiera, Brett decidirá que has arruinado el cuadro que ha encargado expresamente y que ha costado miles de dólares, y explotará como una reacción nuclear. Nuestras vidas no valdrán nada.

La maquilladora asomó la cabeza de su caravana y los llamó con un gesto.

—Chicos, estoy preparada para vosotros.

—Gracias, Gloria —contestó Laura—. Ahora mismo vamos.

Empezó a avanzar, pero Tariq la retuvo.

—Laura, ¿y si no decimos nada del cuadro uno o dos días a ver qué pasa? Si Ricardo descubre la marca y todo el mundo se enfada, diré que también fue culpa mía y así nos enfrentaremos a las consecuencias juntos. Si nadie dice nada, será nuestro secreto. Cuando vayamos al cine a ver la película, podremos reírnos de cómo contribuimos a la obra maestra de Leonardo, aunque solo sea una copia.

Laura se sintió con menos peso sobre los hombros. Lo que había dicho Tariq tenía sentido. No valía la pena provocar a Brett innecesariamente. No había estado bien dejar una huella en un pétalo, pero no era nada comparado con los problemas más graves de los que el director tenía que ocuparse, como que las estrellas de su película se cayeran por acantilados o que unos caballos desbocados casi las arrastraran hasta la muerte.

–Tienes razón –concluyó–. Hagamos lo que dices, excepto por una cosa. Si Ricardo descubre el pétalo dañado y resulta que es un desastre absoluto, tú no cargas con la responsabilidad. Es culpa mía y solo mía. Si hay que pagar un precio, encontraré la forma de hacerlo.

Después del dramatismo de los últimos días, Laura y Tariq no fueron los únicos que agradecieron una tarde sin incidentes. Descubrieron que rodar una película podía ser divertido a la vez que frustrante y, en ocasiones, aburrido.

Aquella tarde se iban a rodar dos escenas de multitudes. En la primera, Laura actuaba como la hija de unos padres ricos y tenía que caminar entre ellos con un vestido que le hacía parecer un hada del árbol de Navidad. Bromeaba con Tariq, que iba disfrazado de niño de un coro, sobre quién estaba más ridículo.

No obstante, cuando las cámaras empezaron a rodar, todo resultaba de lo más emocionante, especialmente porque estaban grabando en el interior y en los alrededores de la Iglesia del Salvador sobre la Sangre Derramada. La catedral debía su nombre a uno de los momentos más sangrientos de la historia de la ciudad: el zar Alejandro II fue asesinado en aquel lugar después de que los revolucionarios lanzaran una bomba a su carruaje.

A pesar de la violenta historia, la iglesia tenía aspecto de cuento de hadas, con las cúpulas doradas y rayadas de caramelo y sus exquisitos mosaicos. Los extras –Laura se negaba a llamarse a sí misma figurante– pasaban la mayor parte del tiempo caminando al sol. De vez en cuando, el director gritaba y todo el mundo se ponía en posición mientras las cámaras rodaban. Laura se sentía muy importante como actriz mientras trotaba entre sus padres ficticios, uno de los cuales era Bob Regis, el vendedor de seguros jubilado.

–¿Lo estás pasando bien? –le preguntó, y ella comprendió de pronto que sí.

–Sí. ¿Y tú? ¿Te estás divirtiendo?

–Oh, estoy en mi salsa. Pocas veces me pongo tan contento como cuando viajo a un país extranjero a rodar una película. Sé que no soy más que un figurante, pero algunos días me siento como un actor de verdad. De hecho, mañana lo seré. Tendré mi primer papel hablado. Tres frases muy dramáticas. He estado ensayándolas frente al espejo.

Chad pasó a su lado con una bandeja llena de cafés y bocadillos. Su atractivo rostro mostraba tristeza.

–¡Ya está! –gritó Bob–. Ya lo tengo, chaval. Es por los ojos. Te pareces una barbaridad a...

–¡Bobby Regis! Eres tú, ¿verdad? –Una mujer que llevaba un vestido amarillo con miriñaque corrió hacia ellos, intentando no tropezarse con su enagua.– Soy Evie Shore. ¿No te acuerdas? Hicimos juntos la película del vampiro rumano.

Laura dejó que se reunieran y fue a buscar a su amigo. Le estaban encerando el pelo para la siguiente escena. Cuando Tariq levantó la vista, sonrió avergonzado, sabiendo que después Laura se burlaría de él.

Les habían repetido a los dos que, aunque se rodaran cientos de horas, solo se utilizaban un par. Probablemente sus fugaces apariciones acabaran en el suelo de la sala de montaje.

–¡Qué más da! Estamos aquí, ¿verdad? –le dijo Laura a Tariq–. Estamos en San Petersburgo, descubriendo otra cultura y contemplando obras de arte increíbles. Y estamos construyendo recuerdos. Eso es lo importante.

En eso su amigo coincidía con ella. Le encantaba estar con Laura en la exótica ciudad de San Petersburgo, pero seguía desconfiando del negocio del espectáculo.

–Eso es lo importante. ¿Qué más da si nadie nos ve en la gran pantalla? Además, la fama está sobrevalorada. Solo sirve para que la gente te haga fotos en bañador cuando estás gordo y las ponga en la portada de las revistas. Creo que prefiero ser pobre y desconocido.

Al final de la jornada, estaban tan cansados que apenas se tenían en pie. La segunda escena de multitudes, en la que hacían de pilluelos mugrientos que amontonaban fruta en un puesto del mercado, había durado una eternidad. Skye también había estado ocupado. Le rugían las tripas.

A su paso por el vestíbulo del hotel con Kay, el teléfono de Laura empezó a sonar.

–Hola, tío Calvin –dijo mientras le entregaba la correa de Skye a Tariq–. ¿Qué tal todo en Londres?

–Me está dando una nueva perspectiva de St Ives. La gente de aquí se pasa el día refunfuñando y se comporta como si la vida fuera una competición o una carrera. Todo el mundo va corriendo escaleras arriba y abajo en el metro, tragándose cafés con leche y engullendo el desayuno, la comida o la cena a toda prisa. Reconozco que soy un adicto al trabajo, pero al lado de esta gente parezco el súmmum de la flema. ¿Qué tal en la soleada San Petersburgo?

–Oh, ya sabes, glamur a todas horas –bromeó Laura–. Nos están poniendo la alfombra roja allá donde vamos. Limusinas, banquetes, servicio de comida de cinco estrellas...

Su tío lanzó una carcajada.

–Sí, me imagino. Bueno, me contento con que os estén tratando bien y os estéis divirtiendo.

–Nos estamos divirtiendo mucho. Ayer pasamos la tarde entera en el Hermitage. –No explicó que la razón por la que habían tenido la tarde libre para visitar el museo era que William Raven había estado a punto de morir en un accidente durante el rodaje. No tenía sentido preocuparle sin necesidad.

Se oyó un gemido al otro lado de la línea.

–No me hables del Hermitage. Llevo las últimas cuarenta y ocho horas intentando rehacer el horario de la visita de Ed Lucas a Moscú después de que decidiera que quiere hacer una escapadita a San Petersburgo para ver obras de arte. Nuestro equipo de seguridad en Rusia ha vivido una pesadilla para intentar llevarle a salvo hasta allí. Cualquiera pensaría que está haciendo lo posible por buscarse problemas.

La opinión que tenía Laura del viceprimer ministro empeoró todavía más. Parecía un hombre totalmente obstinado, narcisista y desconsiderado. Con gente como él al mando del Reino Unido, no parecía sorprendente que en los periódicos se quejaran todo el tiempo de que el país estaba hecho una pena.

A pesar de todo, le intrigaba que un político flirteara con tanto descaro con el desastre.

–El set de rodaje está a una o dos manzanas del Hermitage –le dijo Laura–. Quizá podamos verlo.

–Me alivia poder decir que no –fue la sincera respuesta que recibió de su tío–. Hemos organizado una visita a puerta cerrada. No puedo decirte cuándo tendrá lugar, por razones de seguridad, pero no será el mismo día en que se ruede la película allí. Me he encargado personalmente de evitar la coincidencia. La única aparición pública que hará Lucas será en el ballet mañana por la noche. Y eso también es secreto. No digas ni una palabra de esto a nadie.

–Por supuesto que no –dijo Laura cruzando los dedos por la espalda. Tariq y ella se lo contaban todo, y el viaje de Lucas a San Petersburgo no sería una excepción–. Pero creo que es una pena que el viceprimer ministro venga a San Petersburgo y que yo no vaya a verle. Tengo mucha curiosidad.

–Laura, confía en mí cuando te digo que lo mejor es que no le veas. Hazme caso. Organizar su visita ha sido tal calvario que le hemos puesto el nombre en clave de Operación Calamidad.

Tariq atrajo su mirada y se frotó el vientre. Kay estaba hablando con un colega al otro lado del vestíbulo. Laura sonrió.

–Tío Calvin, tengo que irme. Esto de ser actores es durísimo y estamos muertos de hambre.

Cuando colgó el teléfono, Kay se acercó a ellos.

–¿Estáis listos para cenar, superestrellas? Yo sí. Salgamos a celebrar un día en el que nada ha salido mal. De hecho, todo ha ido rodado. Suave como la seda. Y para rematar la jornada, tengo grandes noticias. Pero recordad, la exclusiva es mía.

–¿Qué ocurre? –preguntó Tariq, tratando de retener a Skye, que había visto a un camarero con una bandeja de comida.

Kay bajó la voz y dijo:

–Quizá hayáis leído en los periódicos que el vice-primer ministro del Reino Unido ha venido a una visita de Estado a Moscú mientras nosotros estamos en San Petersburgo.

–Algo he oído, sí –afirmó Laura con vaguedad.

–¡Bueno, pues resulta que va a venir a San Petersburgo! Parece ser que siempre ha querido visitar el Hermitage.

Laura resistió el deseo de decir que ya lo sabía y que se lo había contado un miembro de su equipo de seguridad, el hombre responsable de organizar hasta el más mínimo detalle del viaje de Ed Lucas a Rusia.

Excepto, al parecer, una parada fuera del programa.

–Edward Lucas tiene otro deseo –explicó Kay triunfante cuando se dirigieron al ascensor–. Brett Avery acaba de recibir una llamada personal suya. Vuestro viceprimer ministro quiere visitar el rodaje de *El ladrón aristocrático* mañana. ¿No es fabuloso? No podíamos imaginar una publicidad así. Todavía mejor, ha accedido a presidir la recepción que hemos organizado en el Hermitage pasado mañana.

Laura aprovechó la ocasión de presionar el botón del ascensor para que su rostro no delatara su sorpresa.

–¡Estupendo! Espero que podamos verlo.

Se sintió culpable nada más pronunciar aquellas palabras, porque era obvio que este nuevo cambio de rumbo supondría otro quebradero de cabeza para Calvin Redfern. Planeaba escribirle un mensaje a su tío con esta información en cuanto llegara a la habitación. Estaba claro que no había sido informado, de lo contrario se lo habría dicho por teléfono.

Pero cuando las puertas del ascensor se cerraron y el grupo comenzó su ascenso, Laura pensó que todavía no habían atrapado al malvado gamberro que estaba sembrando el caos en el rodaje. Si estaba buscando atención, no había mejor momento para dar otro golpe que la visita de una de las personalidades políticas más prominentes del mundo.

¿Y qué pasaba con Póquer de Ases? No había olvidado el *joker* que apareció en la habitación de hotel. Aquella banda disfrutaba trasmitiendo sus fechorías al mundo entero. Sería muy propio de ellos aprovechar la visita de un hombre de Estado británico a un rodaje de cine para cometer alguna osadía.

Y también había que tener en cuenta a la mafia o quizá a algún asesino solitario...

Pero no, se estaba dejando llevar por su imaginación de nuevo. La Operación Calamidad no era más que un nombre en clave, no una predicción.

11

Durante el desayuno, Laura había derramado media taza de café en la parte delantera de su jersey y había subido corriendo a cambiarse mientras Kay, Tariq y Skye la esperaban en el vestíbulo. Tuvo que ponerse tres modelos diferentes para decidir que la camisa a cuadros rosa era lo único que tenía digno de la visita de un líder de Estado. Al salir a toda prisa a reunirse con sus amigos, algo en el carro de la limpieza que estaba aparcado en el pasillo llamó su atención. Entre las pastillas de jabón y botellas de champú en miniatura había una baraja de cartas y, a su lado, su respectiva caja.

Laura se quedó helada. La puerta junto a la cual se encontraba el carro estaba abierta, y la señora de la limpieza empujaba la aspiradora hacia un rincón, detrás de la cama sin hacer. Como en un sueño, Laura recogió las cartas. Habría reconocido su diseño en cualquier sitio. Póquer de Ases le había dejado el *joker* con el mismo dibujo azul y rojo en el dorso en al menos otros tres lugares en los últimos meses. Cada vez había sido un aviso de la banda y cada vez había significado un desastre.

En el pasillo, un poco más adelante, se abrió una puerta y alguien sacó una bandeja de desayuno vacía. La puerta se cerró de golpe. Laura desplegó la baraja de cartas. Temía que las cincuenta y dos cartas fueran *jokers*, pero era una baraja normal y corriente. Si el personal del hotel las estaba distribuyendo en las habitaciones, habría sido mera coincidencia que Kay encontrara el *joker*.

La aspiradora se apagó. Antes de que Laura pudiera moverse, la señora de la limpieza apareció por la puerta. Dejó de sonreír para fruncir el ceño cuando vio a Laura con la baraja. Laura la dejó rápidamente en su sitio.

–Lo siento. Solo estaba mirando. Esto... ¿no sabrá de dónde vienen estas cartas?

La señora meneó la cabeza.

–No inglés.

Laura señaló la baraja.

–¿No tiene más como esta?

–Ah, tú llevar. Sí, sí, tú llevar.

–No... ejem, ¿dónde las compra el hotel? Si quisiera más, ¿dónde podría conseguirlas? –Para hacerlo más fácil, Laura tomó la caja vacía y señaló la etiqueta donde decía Fabricado en China.

La señora sonrió aliviada. Abrió un compartimento lateral del carro y señaló hacia el interior. Dentro había amontonados al menos cuarenta juegos de barajas idénticos.

En cuanto llegó al vestíbulo, Tariq se abalanzó sobre ella. Kay estaba junto al mostrador de la recepción hablando animadamente por el móvil.

–¿Dónde diablos te habías metido? –preguntó Tariq–. Kay pensaba enviar una patrulla de rescate. Está hablando con Otto por teléfono, que está fuera de sí porque necesita a Skye dentro de unos cinco minutos.

–Perdón, tenía que investigar una cosa. ¿Recuerdas que sospechaba que la carta del *joker* que encontró Kay en nuestra habitación era un aviso para mí y que Póquer de Ases planeaba algún crimen horrible? Bueno, pues ya no tenemos de qué preocuparnos. No nos están siguiendo en San Petersburgo. Me he equivocado.

–¿Cómo lo sabes?

Laura empezó a resumirle su descubrimiento, casi humillante, de que las cartas, lejos de ser únicas, se fabricaban en China y eran fáciles de conseguir. Entonces Kay llegó a toda prisa.

–¡Por Dios, Laura! ¿Qué estabas haciendo ahí arriba? ¿Consultando a un diseñador de moda? Otto tiene una crisis nerviosa. El viceprimer ministro está a punto de llegar al set de rodaje. Pensaba que tenías ganas de verlo.

–Sí. Siento haber tardado tanto en bajar. No sabía qué ponerme. –Intentó no pensar en el mensaje de texto que había recibido de su tío aquella mañana sobre la visita del político:

L – Dudo que el Sr. Calamidad y tú os crucéis (prefiere grandes estrellas), pero, si ocurre, aléjate. Los fanáticos siempre apuntan a gente como él y no quiero que T o tú estéis cerca si algo va mal. CRxx

–Genial –dijo Kay–. ¿Significa eso que ya estáis listos?

Laura miró a Tariq.

–Estamos listos.

La unidad de rodaje se había trasladado a la Plaza del Palacio, junto al Hermitage, donde la expectación estaba al rojo vivo. Había desaparecido el ambiente relajado e informal vivido durante la sesión de tomas breves del día anterior. No había actores repantingados y medio dormidos en los sofás, ni extras jugando a videojuegos o bebiendo capuchinos con sus trajes de época. En vez de eso, correteaban en un estado de ansiedad absoluta por un set tan limpio y organizado que resultaba irreconocible. La policía rusa, con sus gorros de piel de oso, patrullaba el perímetro.

Durante la visita de Ed Lucas, se había expulsado a toda persona que no fuera absolutamente necesaria en la grabación de aquella mañana. Laura y Tariq habían recibido la orden, en términos que no dejaban lugar a dudas, de ayudar a Otto con Skye y los caballos y de marcharse en cuanto terminaran.

–Olvídate de conocer a Edward Lucas –dijo con tono engreído Jeffrey, el director de producción–. Solo coincidirá con Brett Avery y las estrellas. Contigo, ni por asomo.

La puerta de la caravana que tenían a su espalda se abrió. Sebastian salió con elegancia felina. Estaba muy distinguido, con un traje azul oscuro y un chaleco finamente bordado. Miró con el ceño fruncido la espalda del director de producción, que se alejaba, y dijo:

—Me gustaría saber por qué todo el mundo adula a William como si fuera una superestrella. Hay que admitir que es un buen actor, pero lo tratan como si fuera el mayor monstruo interpretativo desde Marlon Brando. Nunca entenderé cómo ha conseguido el papel. Antes no era más que un mago de poca monta. Bien visto, seguro que en el fondo es un caso de nepotismo.

—¿Qué es nepotismo? —preguntó Tariq—. Tiene nombre de enfermedad.

—Es algo parecido. Básicamente, es cuando un miembro de la familia, un amigo o algún contacto te consigue un trabajo al que no podrías haber aspirado y que probablemente no mereces.

—¿No crees que se merezca el papel? —interrogó Laura.

—Sin comentarios. Pero, si yo fuera él, comprobaría que la pistola de la próxima escena está cargada con balas de fogueo y no balas reales. En muy poco tiempo se ha granjeado una cantidad insólita de enemigos.

Chad, vestido con una camiseta y pantalones vaqueros rotos, apareció dando zancadas.

—Te esperan en maquillaje —le dijo a Sebastian—. Espero que tengan bastante.

–La envidia no te llevará a ninguna parte. Como les estaba contando a Tariq y a Laura, los contactos son lo que cuenta en este negocio.

–Sí, bueno, yo de eso no sé nada –refunfuñó Chad–. Como no tengo un papaíto rico que me consiga trabajo en las películas...

La risa de Sebastian flotó hasta ellos mientras se alejaba. Se volvió y dijo con sorna:

–Aunque lo tuvieras, MacFarlane, tu padre no podría pagar lo suficiente. El aspecto no lo es todo, ¿sabes? Por cierto, ¿qué llevas puesto? ¿Eres consciente de que tenemos la visita de un jefe de Estado británico?

Chad esperó a que Sebastian se alejara y murmuró:

–Uno de estos días alguien va a perder la paciencia y le va a dar a ese tipo su merecido.

Vio a Bob Regis salir de la caravana del departamento de vestuario con una levita, pantalones de montar y botas.

–Oye, Bob, me sobran un café y un *croissant* en la bandeja. ¿Los quieres?

–Sebastian critica a William Raven por ser arrogante y hacerse enemigos, pero él tampoco se queda corto –observó Tariq mientras Laura y él se dirigían a los establos provisionales.

–La verdad es que no –repuso Laura–. Me alegro de que Póquer de Ases no nos haya seguido a Rusia. Ya tenemos bastante con intentar averiguar qué actor o miembro del equipo puede representar realmente una amenaza y quién es solo un charlatán. Espero que lo descubramos antes de que sea demasiado tarde.

12

A las 10.45, todavía no había ni rastro del viceprimer ministro ni de su comitiva. Brett Avery,
que había retrasado casi dos horas el rodaje de una
escena de persecución para tener algo «chulo» que
enseñar a su invitado especial, estaba a punto de
que le reventara una arteria.

–¿No podríamos llamar a su gente? –propuso
Kay.

–¿Su gente? ¿Estás loca? No sabría por dónde
empezar a buscarlos. A Ed Lucas no le llamas. Él te
llama a ti. No, no tenemos más remedio que empezar a rodar ya, mientras la luz sea perfecta, y esperar

que llegue antes de que hagamos la última toma. Actores y equipo a sus puestos, por favor.

Laura y Tariq se acurrucaron a escondidas entre dos caravanas. Con todo el revuelo sobre el viceprimer ministro desaparecido, se habían olvidado de ellos.

Bob Regis pasó a su lado de camino a su puesto. Los vio y reaccionó con asombro cómico, mirándolos dos veces y llevándose un dedo a los labios.

—Vaya dos pillos —los regañó, agachándose hasta su nivel—. Pero no os preocupéis, no se lo diré a un arma. Digo, un alma. No se lo diré a un arma. Alma, quería decir. Oh, qué más da.

Se enderezó y se alejó marcando el paso como un soldado en un desfile.

Tariq se quedó observándolo mientras se alejaba y dijo:

—¿Está bien? Parece borracho.

—Mmmh, a mí también me lo ha parecido, pero no puede ser porque hemos visto a Chad llevarle el café hace apenas una hora y estaba perfectamente. De todas formas, no creo que sea de esos. Tenía muchas ganas de recitar sus tres líneas en la próxima escena. Quizá solo esté bromeando.

—¡Acción! —gritó el director.

Laura se olvidó de Bob y se puso de puntillas para observar la escena y no perder ripio. Ese era el gran momento de Skye, y estaba agitada y nerviosa a la vez. Era la parte de la historia en la que Violet la huérfana comprende que Oscar de Havier ha robado el valioso cuadro. Incapaz de seguirlo a pie, lo persigue en un trineo con ruedas tirado por su husky. La tarde anterior Otto había dedicado tiempo a acostumbrar a Skye a los estallidos fuertes, ya que iban a utilizar una pistola en la escena.

Las cámaras estaban rodando y William Raven, o más bien su personaje, Oscar, salió del Hermitage a todo correr, con el abrigo negro ondeando al viento. Huyó a través de la Plaza del Palacio en dirección al río. Sebastian salió después y corrió tras él. Poco después, Ana María, interpretando a Violet la huérfana, cruzó a la carrera la puerta del museo y emitió un silbido. Skye, que había estado esperándola en una callejuela lateral, echó a andar. Violet saltó en la parte trasera del trineo y sacudió las riendas.

–¡Corre, Flash! –gritó–. Ahora todo depende de ti. ¡Corre por tu vida, chico, corre!

A Laura le resultaba duro ver a Skye responder a las órdenes de otra niña, pero también estaba encantada de saber que la inteligencia de su husky iba a quedar reflejada en una película para que el mundo la viera. Tariq y Laura sabían lo bonito y valiente que era, pero le agradaba la idea de que otras personas fueran a experimentarlo.

Mientras el equipo estaba ocupado en la acción, los niños fueron acercándose despacio para poder ver mejor. Solo Tariq se dio cuenta de que un hombre bajito y mofletudo había ocupado inmediatamente el hueco que ellos habían dejado libre entre las caravanas.

Oscar de Havier se había apropiado de un caballo y disparaba por encima del hombro. En el trineo perseguidor, Violet se agachó. Mientras los disparos seguían sonando, la niña frenó al husky, Flash, para no poner en peligro la vida de su mascota. Llegaron hasta Sebastian, que aprovechó la situación para saltar a bordo y usar el trineo a modo de escudo.

Bob Regis le había explicado a Laura que aquella era la señal para que avanzara y gritara: «¡Sígalo, señorita! No permita que se salga con la suya. Seguro que su perro sabe cuidarse por sí mismo.»

Pero no pudo decir más que:

—¡Zígalo, zeñodita! No pedmita...

Entonces, sonó un fuerte disparo. El cuerpo de Bob se contorsionó de forma antinatural, se desplomó hacia delante y permaneció inmóvil. Un hilo de sangre le salió de la sien y manchó los adoquines.

La maldición de la película volvía a manifestarse.

Durante un par de segundos, nadie se movió. La mitad de la productora había supuesto que el disparo contra Bob era parte del guion. Los otros estaban demasiado impresionados para moverse.

Los gritos de Ana María rompieron el silencio. Otto, el adiestrador de animales, corrió a sujetar a Skye.

La madre de Ana María, llorando de forma histérica, dejó atrás las filas del equipo de filmación y operadores de iluminación y arropó a su hija en sus brazos. Cualquiera habría pensado que quien había recibido el disparo era Ana María, no Bob. Entre sollozos, agitó un puño hacia William Raven. El actor había bajado del caballo y miraba la pistola que estaba sujetando como si no tuviera ni idea de qué hacía en su mano.

—Es usted un hombre malvado —gritó la madre—. Es malvado y desagradable con todo el mundo y ahora ha acabado matando a alguien. Va a ir a la cárcel, que es donde debe estar.

William Raven estaba lívido por la sorpresa. Bajó el revólver al suelo y levantó las dos manos como si estuviera detenido.

–No he sido yo. De verdad, no he sido yo, os lo prometo. ¿Quién ha cargado la pistola?

–Yo –respondió el coordinador de especialistas que sustituía a Andre March. Parecía tan agitado como Andre cuando fue a visitar a Laura en St Ives–. Pero ha estado bajo llave todo el tiempo desde que comprobé por segunda vez que las balas eran de fogueo y antes de que la recibiera Raven. O las ha cambiado él o ha sido otra persona.

–No seas idiota –gritó furioso el actor–. ¿Estás sugiriendo que yo he intentado asesinar deliberadamente a ese hombre? ¿Por qué razón iba a querer hacer algo así?

Sebastian le miró con desagrado.

–Quizá apuntabas a otra persona. Por ejemplo, a mí.

Brett Avery recuperó la capacidad de hablar.

–Sebastian, no seas engreído. Tienes el ego descontrolado. ¿Alguien ha comprobado si el pobre Regis está realmente muerto?

El director de producción se agachó y buscó el pulso de Bob.

–Está tieso.

–Qué compasivo, Jeffrey –dijo Kay–. ¿Qué os pasa a todos? Bueno, voy a llamar a la policía.

Laura susurró algo al oído de Tariq, que asintió y sacó su teléfono. La joven dio un paso al frente.

—Antes de hacerlo, te sugiero que eches otro vistazo a Bob.

—¿Alguien puede llevarse a estos niños fuera de aquí? —gritó el director—. Por Dios. Como si no tuviéramos bastante.

Kay avanzó para detener al guardia de seguridad que se disponía a agarrar a Laura y Tariq.

—Brett, ¿hace falta que te recuerde que estos niños ya han ayudado a salvar las vidas de William y Ana María?

—Eso es cierto —dijo William.

—Sí, lo hicieron —concedió Ana María, apartándose del fuerte abrazo de su madre—. ¿Qué ocurre, Laura?

—Bob Regis. No está muerto, sino borracho como una cuba.

—Por favor, dime que estás de broma —dijo el director.

Todo el mundo empezó a hablar a la vez.

—No seas ridícula —protestó Jeffrey—. Lo he comprobado. Está tan muerto como el pavo de las Navidades pasadas.

Entonces, como si apareciera en el momento justo, Bob gimoteó y se retorció. El médico del rodaje, que había estado en la caravana de producción atendiendo a un figurante que se había desplomado después de comer un cacahuete por error, llegó con retraso a su lado.

–No puedo creerlo –dijo William Raven–. Ya estaba yo pensando que la maldición de *El ladrón aristocrático* volvía a atacar, y esta vez me estaba viendo en la cárcel por asesinato, como ha sugerido amablemente la madre de Ana María. Y resulta que lo que tenemos entre manos es un extra que no aguanta la bebida.

–Supongo que esta era nuestra última oportunidad –reflexionó Chad–. Demasiados accidentes. Supongo que ahora la película se cancelará. Se acabó.

–¿Tú qué crees, Brett? –preguntó Kay–. ¿Vamos a admitir que la película está maldita? ¿Vamos a rendirnos y a irnos con el rabo entre las piernas?

–No puedo contestar hasta que no hable con la productora, pero no creo que quieran oír que ha habido otro fallo. En el mejor de los casos, me despedirán. En el peor, cancelarán la película.

Tariq le entregó el teléfono a Laura, que leyó la información de la pantalla –un viejo artículo de periódico– y asintió. Era lo que esperaba ver.

–¿No veis que eso es exactamente lo que quiere que hagamos? –les dijo a Brett y a Kay–. Si dejáis la película, él gana.

La guionista se quedó mirándola y preguntó:

–¿De qué estás hablando? ¿Se puede saber de quién estás hablando?

Laura le entregó el teléfono y dijo:

–Chad MacFarlane. Él le puso al pobre Bob algún tipo de droga en el café. Es él quien ha causado todos los supuestos accidentes que han tenido lugar durante el rodaje.

–¡Mentirosa! –gritó Chad–. Está mintiendo. Ella y su amigo y el estúpido husky, ¿no lo veis? Ellos lo han estado arruinando todo.

La cara de Kay cambió cuando leyó lo que estaba escrito en la pantalla. Le pasó el teléfono a Brett.

–¿Este artículo es de fiar, Chad? –inquirió el director–. El del *Hollywood Chronicle*. ¿Eres el sobrino de Jon Ellis-Harding? –Harding era la leyenda del cine a quien habían contratado inicialmente para el papel de Oscar de Havier antes de que el estudio se arruinara.– ¿De eso se trata? ¿De venganza?

El rostro dorado de Chad se desfiguró de rabia.

–No sé de qué estás hablando. Deberíais estar mirándole a él. –Apuntó con el dedo hacia Sebastian.– Él es el que siempre está diciendo que ojalá William estuviera muerto. El café que le he dado a Bob era el que había preparado para William, pero al final lo ha rechazado. Lo dejé en la bandeja frente a la caravana de Sebastian mientras iba a buscar los *croissants*. Quizá Sebastian haya puesto algo en el café para que William se caiga del caballo o tenga un accidente con la pistola o algo por el estilo.

William estaba espantado.

—¿Es eso cierto, Sebastian?

—¡No, claro que no! Es evidente que está loco.

—Entonces no es cierto que siempre estés deseando que me muera.

—¡No! Bueno, quizá un poco. Verás, lo puedo explicar. Chad está celoso, eso es todo. Le corroe la envidia. Quiere vivir mi vida, hacer lo que yo hago, vestir como visto.

—¿Quién querría tu vida, miserable presumido? —bramó William—. Ojalá te hubiera disparado.

—Mira quién habla. Si no fuera por tus amigos productores...

—¡Cállate, Sebastian! —murmuró Brett Avery—. Vas a acabar con mi paciencia. Chad, ¿eres culpable de lo que te acusa Laura? ¿Lo hiciste por venganza o celos?

—No se puede estar celoso de alguien que te ha robado la vida. Se puede sentir pena o rabia contra él.

Kay se acercó a él y le preguntó:

—Chad, ¿tu tío te prometió un papel en *El ladrón aristocrático*?

Un puñetazo en el estómago no habría conseguido producir mayor efecto. Chad se sentó en el suelo, se abrazó las rodillas y empezó a mecerse ligeramente. Se acercaba el ruido de las sirenas, por lo que Laura y Tariq tuvieron que aguzar el oído para escuchar las siguientes palabras:

–Mi tío me prometió el papel de Sebastian. Iba a ser mi gran oportunidad. Pero no he actuado así por eso. Sé lo que estáis pensando, pero lo he hecho porque quiero a mi tío como a un padre. Cuando la productora se hundió y le dijeron que ya no lo querían en la película, se quedó destrozado.

–Pero no podíamos hacer otra cosa –protestó Kay–. Brett y yo le queríamos a él para ese papel. Por eso contamos con él en el reparto. Pero los nuevos inversores habían decidido que teníamos que contratar a William Raven. Y odio ser yo quien te lo diga, pero me alegro de que haya sido así. Hasta ahora William ha estado fantástico.

Una lágrima cayó por la mejilla de Chad.

–¿Pero no lo entendéis? Es como si hubierais matado a mi tío. Es cierto que es una leyenda, pero se está haciendo mayor y hay mucha gente como Sebastian que piensa que está acabado. Cuando le disteis el papel de Oscar de Havier, tuvo una razón para levantarse por las mañanas. Dedicó todas sus fuerzas a profundizar en su personaje. Después se lo arrebatasteis sin dar explicaciones.

–¿No has oído lo que ha dicho Kay? –preguntó Brett–. No fue culpa nuestra. Intentamos explicárselo. También le dimos una compensación económica... muy cuantiosa.

Chad hizo caso omiso.

–Desde ese día, cambió. La tristeza se fue apoderando de él hasta que, al final, acabó en un hospital. No parecía tener ningún trastorno concreto. El doctor apuntó a que podía estar muriendo por tener el corazón roto. Así que me propuse conseguir un empleo en la película, el que fuera, para lograr que la cancelaran. Para que no se llegara a rodar.

Hubo un silencio muy largo hasta que intervino el director.

–Chad, lo siento por ti y lo siento especialmente por tu tío, pero tus actos podrían haber matado a William y a Ana María, han enviado a una persona al hospital en Cornualles y nos han obligado a dejar en Los Ángeles a los miembros del equipo que sufrieron una intoxicación alimentaria, lo que les ha costado el trabajo. También has destruido material por valor de miles de dólares. Yo actuaría con benevolencia, pero me temo que un juez considerará que una temporada en la cárcel te vendrá bien para reflexionar sobre tus actos.

Hizo un gesto a los policías rusos, que habían acudido tras la llamada de los guardias de seguridad. Cuando se le acercaron, Chad empezó a patalear y a gritar que se vengaría. Se lo llevaron al mismo tiempo que transportaban a Bob Regis en camilla hasta la ambulancia que estaba esperando.

Brett sonrió desalentado.

—Bueno, no sé los demás, pero yo me siento como si llevara diez asaltos con un cinturón negro de kárate. ¿Cuántos de vosotros creéis que tenemos que admitir la derrota y tirar la toalla?

Nadie se inmutó.

—¿Cuántos de vosotros creéis que deberíamos levantarnos del suelo, sacudirnos el polvo y hacer la mejor película que se pueda hacer? ¿Podéis levantar la mano?

Un bosque de manos se alzó.

Brett sonrió por primera vez aquel día.

—Supongo que está decidido. William y Sebastian, voy a tener que insistir en que os deis la mano y olvidéis vuestras rencillas.

El veterano actor y el joven gallito se dieron un tímido apretón de manos. Los demás vitorearon. Brett exclamó:

—¡Bien hecho, chicos! Bueno, gente, hagamos una película merecedora de un Óscar.

–¿No estás olvidando algo, Brett? –preguntó William.

–Eso, ¿no estás olvidando algo? –interrogó Kay.

–¿Eh? ¿Qué? Oh. ¡Oooh! –El director tuvo la elegancia de parecer avergonzado.– Laura y Tariq. Lo siento. De no ser por vosotros, nunca habríamos descubierto que Chad era el culpable. Habría seguido aterrorizándonos hasta que hubiera provocado un desastre y habría sido el fin de la película.

Laura dijo con una sonrisa:

–No es nada.

–Nos alegramos de haber ayudado –murmuró Tariq.

–Tengo curiosidad por saber cómo lo habéis descubierto –dijo Kay–. ¿Qué os hizo pensar en él?

–Algo que dijo Sebastian sobre nepotismo.

–¿Nepo qué? –preguntó el director de producción.

–Es cuando alguien ayuda a un familiar o a un amigo a conseguir un trabajo que en realidad no se merece –explicó Tariq.

–Me recordaba al argumento de una de las novelas de Matt Walker –prosiguió Laura–. Me hizo sospechar que quizá había una razón por la que Chad sufría tanto con las burlas de Sebastian. Cuando Bob se desplomó, lo tuve claro. Bob se estaba acercando demasiado a la verdad. Estaba convencido de que Chad estaba emparentado con un actor famoso de Hollywood.

—No me extraña que Chad se pusiera tan tenso cuando le dije que su tío era una gloria pasada —subrayó Sebastian—. Y lo es. No me sorprende que tenga un chiflado por sobrino.

Brett Avery se volvió hacia él.

—Sebastian, si vuelves a decir algo que no está en el guion entre este momento y el final del rodaje, te despido en el acto. ¿Te queda claro?

Los demás miembros del equipo y actores vitorearon con fuerza.

Sebastian se desinfló como un globo pinchado.

—¿Tengo derecho a...?

—No, no lo tienes. No tienes derecho a nada. Fuera de mi vista ahora mismo. —Brett se llevó las manos a la cabeza.— Menuda mañana. Menos mal que el viceprimer ministro no ha aparecido.

El desconocido bajito y rechoncho que había permanecido en silencio entre las dos caravanas dio un paso al frente.

—Oh, pero sí he aparecido. Me alegra poder decir que he sido testigo de toda la tragedia. Mejor que cualquier obra de teatro por la que haya pagado. ¡Bravo!

13

El director se apretó las gafas firmemente en el puente de la nariz, como si su posición hubiera provocado de alguna manera que pasara por alto al famoso visitante. Tragó saliva de forma audible y balbuceó:

–Señor... digo, primer ministro...

Kay le dio un codazo en las costillas y susurró:

–Vice...

–Viceprimer ministro. Soy Brett Avery, el director. No sé qué decir. Por favor, acepte mis más humildes disculpas. Los incompetentes de mis empleados de seguridad no me han avisado de su presencia. De haberlo hecho, por supuesto que...

El político inclinó la cabeza.

–Claro. Por favor, no se hable más. He solicitado expresamente que mi visita provoque el menor revuelo posible. Permítame que me presente formalmente. Soy Ed Lucas.

William Raven y Ana María Tyler, acompañados por la madre de la niña, que de repente se mostraba risueña, y por Sebastian, se acercaron en fila, desplegando una deslumbrante hilera de dientes blancos.

–Un placer conocerle –dijo la madre de Ana María con entusiasmo. El rostro enfurruñado de su hija se iluminó al instante. Sebastian le estrechó la mano con energía, pero las palabras del director todavía resonaban en sus oídos, por lo que no osó abrir la boca.

Por último se presentó William.

–Un honor –dijo en un tono profundo y sonoro, como si estuviera recitando una frase de Shakespeare.

–El placer es mío –murmuró Edward Lucas. Cuando los hombres se dieron la mano, Laura se sorprendió al ver la mirada que intercambiaron. Desde donde estaba, resultaba imposible distinguir si era amable u hostil. Lo que estaba claro era que ya se habían visto antes. Se conocían.

Brett Avery alzó las manos en un gesto indefenso.

–Me temo, señor Lucas, que no nos ha visto en las mejores condiciones. Ha sido una mañana repleta de contratiempos.

El visitante levantó una ceja.

–¿Contratiempos? *Yo* tenía la impresión de que *usted* tenía la impresión de que uno de sus actores había muerto de un disparo. ¿Es eso un acontecimiento cotidiano?

–En absoluto, señor viceprimer ministro. Ha sido sencillamente un fallo de comunicación. El director de producción informó por error de que nuestro mejor figurante había fallecido cuando en realidad estaba perfectamente. Eso es lo que ha provocado tanta confusión.

–Por lo que yo he visto, el actor en cuestión estaba inconsciente y sangrando. Borracho como una cuba. ¿No es así como lo ha descrito la señorita que está allí?

Su mirada se posó en Laura, Tariq y Skye justo en el momento en el que Jeffrey, el director de producción, los estaba echando del set. Laura estaba mirando de soslayo en ese momento, asombrada de que un hombre tan anodino y pequeño pudiera ascender a un cargo de tanto poder. Cuando sus ojos se cruzaron con los de Ed Lucas, una sensación eléctrica y extraña la recorrió lentamente. Era como estar situada en un campo magnético.

—En efecto, Laura ha usado la expresión «borracho como una cuba», pero no era del todo exacto, porque Bob Regis no había bebido —farfulló el director. Se retorcía como un colegial al que han pillado copiando en un examen—. Yo no dirijo un espectáculo de esos. Al pobre le habían echado droga en el café.

Pero el viceprimer ministro había perdido interés.

—Gracias, señor Avery. Confiaré en su palabra. ¿Sería tan amable de presentarme a esos jóvenes que han descubierto la existencia de un saboteador en sus filas?

—Pero no son más que...

—¿Sí?

El director había estado a punto de decir que Tariq y Laura no eran más que extras, pero se lo pensó mejor.

—Estaré encantado de hacer las presentaciones —dijo apresuradamente—. Están demostrando que son miembros valiosísimos del reparto.

Jeffrey ocultó el ceño fruncido cuando se vio obligado a ceder ante Laura y Tariq. Le habían caído mal desde el principio por la sencilla razón de que odiaba a todos los niños. Para él, todos y cada uno de ellos eran unos mocosos, y muy especialmente Ana María Tyler, ese monstruo precoz que le trataba como si fuera su esclavo personal. No obstante, Laura y Tariq ocupaban en segundo lugar, pero a poca distancia de Ana María. Le habían hecho parecer un idiota con todo el asunto de Chad.

–Podéis dejar al perro conmigo –le murmuró a Laura–. Se lo llevaré a Otto. Estoy seguro de que el viceprimer ministro no querrá que le babee entero.

Tiró de la correa y Skye se volvió hacia él emitiendo un gruñido feroz.

–Me parece que no le gusta la idea de que se lo lleve un extraño –dijo Laura con frialdad–. ¿No crees?

Hubo un estallido de risas. Tariq y ella se giraron y vieron al viceprimer ministro a menos de un metro de ellos. Se las había arreglado para cruzar el set de rodaje a una velocidad pasmosa. Brett Avery corría para alcanzarle con una expresión aterrada.

Lo primero que Laura notó fue que Ed Lucas no era mucho más alto que Tariq, y lo segundo fue que la energía que emanaba de él aumentaba cuanto más se acercaba.

Jeffrey quedó reducido a una gelatina temblorosa, especialmente después de que el viceprimer ministro se presentara como un amante de los animales y, en segundo lugar, como político.

–Yo solo quería... Mi intención era... Yo quería...

–Lo sé –dijo Ed Lucas con amabilidad–. Se lo agradezco mucho. –Después se volvió y fijó su atención en Tariq y Laura.– Como ya os habréis imaginado, soy el viceprimer ministro de vuestro país. A vuestra edad, el mundo de la política me parecía aburridísimo, y he de decir que nada ha cambiado. No os culparía en absoluto si no hubierais oído hablar de mí antes de hoy. Podéis llamarme Ed. ¿Y vosotros cómo os llamáis?

–Esto... Yo soy Laura Marlin y este, eh..., este es Tariq Ali –tartamudeó Laura, consciente de que el reparto y el equipo estaban mirándolos asombrados.

El viceprimer ministro tenía la sonrisa serena de quien está acostumbrado a que todo el mundo cumpla sus deseos. Sus ojos marrones y observadores iban a juego con su sonrisa, y a Laura le desconcertaban porque en realidad no la miraban, sino que miraban a través de ella, como una de esas máquinas de rayos X de los aeropuertos.

–Encantado de conocerte, Tariq. Es un verdadero placer, Laura Marlin. Tienes un apellido muy poco corriente. Quizá te interese saber que el *marlin* es un tipo de pez y que yo soy un experto pescándolos. La experiencia me dice que son muy escurridizos. –Su mirada se posó en Skye.– ¿Y qué tenemos aquí?

Laura apretó la mano que tenía en el collarín del husky.

–Este es mi husky siberiano, Skye, pero me temo que no le gustan los desconocidos, aunque sean amantes de los animales y encargados del Gobierno británico.

–Lo compensa de otras maneras –dijo Brett Avery con entusiasmo, intentando enmendar anteriores meteduras de pata–. Me refiero al husky. No me refería a usted. Tenía que haber visto lo que hizo en St Ives...

Brett Avery se interrumpió. Ed Lucas había extendido una mano hacia Skye. Con un gemido que acabó en un suspiro, el husky bajó la cabeza. Resultaba difícil saber qué era más asombroso: que el viceprimer ministro hubiera logrado tocar a Skye sin gruñidos o incluso mordiscos, o que el husky pareciera estar disfrutándolo. Laura nunca había visto a su perro actuar de forma tan extraña. Era como si estuviera hipnotizado.

–Qué animal tan hermoso –dijo Ed Lucas–. Irradia inteligencia. ¿Cómo perdió la pata?

Por una parte, a Laura la halagaba aquel interés por Skye; por otra, deseaba haber seguido el consejo de su tío de permanecer lo más lejos posible de ese hombre. Decidió no mirarlo. No quería que la hipnotizara.

–Hubo un accidente. Lo atropelló un coche cuando era un cachorro.

Una sonrisa asomó en los labios pálidos de Ed Lucas.

–Los accidentes tienen la costumbre de ocurrir, Laura Marlin, especialmente si tienes una disposición heroica y te pones en el camino del peligro.

–Si hay algún resentido cerca, lo normal es que ocurran –bromeó Brett Avery–. Por lo menos en este rodaje. Pero con la detención de Chad todo eso será agua pasada. Bueno, señor, quizá le interese hablar con William Raven, nuestra estrella, sobre...

–Nada me gustaría más, señor Avery, pero, si me disculpa, todavía tengo una pregunta que quisiera hacerle a Laura Marlin.

El director se puso colorado de fastidio.

–Claro, claro. Adelante.

–Gracias. Laura, mencionaste que el argumento de una novela del detective Matt Walker te ayudó a comprender que Chad era el causante de los desastres del rodaje. ¿Te interesa eso de resolver misterios?

Laura se sintió como un insecto bajo el microscopio. Ya no le sorprendía que Ed Lucas fuera la segunda persona más poderosa del Reino Unido. Irradiaba carisma y cierta cualidad que le daba a Laura ganas de empezar a parlotear como si le hubieran dado suero de la verdad. Estuvo a punto de contarle que su tío había sido el mejor investigador de Escocia, además del más valiente, pero sospechaba que a Ed Lucas no le gustaría descubrir que una extra de poca monta estaba relacionada con el equipo de inteligencia encargado de su protección.

Ocultó sus dudas con una sonrisa.

–Me gusta leer novelas de misterio. Mi héroe es Matt Walker. Es solo un personaje de ficción, pero para mí es el detective perfecto del siglo XXI. Se le da bien enfrentarse al tipo de malhechores y bandas internacionales que siembran el mal en el mundo moderno.

–Fascinante. Fascinante –murmuró Ed Lucas–. Sí, a mí también me gusta leer las novelas de Matt Walker. Son un poco rebuscadas, pero muy entretenidas. –Llevó entonces la vista a Tariq.– En su opinión, señor Ali, ¿quiénes acabarán ganando en este mundo de malhechores modernos?

–¿Cómo dice?

–¿Quiénes acabarán ganando? ¿Los buenos o los malos?

Tariq se apartó el pelo negro que le cubría los ojos y dijo:

–Los más listos.

–Respuesta inteligente –rio Ed Lucas.

–En las películas, los buenos siempre ganan –interrumpió Brett Avery, deseoso de terminar la conversación–. A todos nos gustan los héroes.

Laura sintió cómo la extraña electricidad de Ed Lucas se trasfería al director.

–Sí, a todos nos gustan los héroes, ¿verdad? –dijo con su voz suave y firme–. Qué pena que el mundo real no se parezca más al cine. Por otro lado, son las facetas conflictivas de la naturaleza humana, luz contra oscuridad, las que hacen que todo sea más interesante.

Aprovechando la oportunidad, Brett Avery replicó:

–Absolutamente. Eso es absolutamente cierto en el cine. Bueno, señor, venga por aquí...

Ed Lucas miró el reloj.

–¿Sabe qué? Parece que me he quedado sin tiempo. Por favor, acepte mis disculpas más sinceras, señor Avery. Tengo un horario ridículo, ¿sabe? Una maldición de los altos cargos. No obstante, como ya hemos acordado por teléfono, estaré encantado de presidir la recepción en honor de su película en el Hermitage mañana por la noche..., siempre y cuando, por supuesto, se me permita más tarde ver el rodaje de una o dos escenas. También le diré a mi asistente que prepare invitaciones personales para

Laura y Tariq. Es muy alentador hablar con jóvenes tan... motivados.

Alzó una mano. Varios guardaespaldas con gafas negras surgieron de las sombras. Laura parpadeó. El viceprimer ministro había desaparecido.

14

–¿A ti qué te parece? –preguntó Laura haciendo una pirueta. Por lo general odiaba los vestidos y solo se ponía pantalones vaqueros, botas, sudaderas y una chaqueta con el cuello de piel sintética, pero era divertido jugar a ponerse ropa prestada del departamento de vestuario. En su caso, eso significaba un canesú y una falda de seda de color rojo cereza del siglo XIX. Debajo de la falda llevaba ocultas las botas de cordones. La cera que le habían aplicado en el pelo corto y muy rubio le daba un aspecto ligeramente gótico.

–Pareces una estrella de cine –dijo Tariq, que llevaba una camisa de seda blanca con un cuello ancho y azul bajo el traje negro–. Bueno, no. Pareces más bien una artista musical. Hay una cantante de música folk llamada Laura Marling. Te pareces un poco a ella.

Laura se rio.

–Qué va, no me parezco a ella. Mira qué pinta tengo. Pero gracias. Tú estás muy bien. Como un cantante de rock de un grupo de los ochenta, pero bueno, no te queda mal.

–Jo, gracias.

–Los dos estáis deslumbrantes –dijo Kay al salir del baño. Llevaba un vestido de fiesta negro que no estaba en absoluto pasado de moda–. Bueno, ¿estáis listos para salir?

Laura se encogió para ponerse el abrigo negro que también le habían prestado los de vestuario. Le dio un beso de despedida a Skye, que, con un aire melancólico, se echó en la cama con el hocico apoyado en la pata.

–Volveremos pronto, te lo prometo. No se admiten perros en las fiestas.

Antes de salir de la habitación, puso el teléfono en la mesilla de noche. Así, si su tío llamaba a última hora para prohibirle asistir, podría decir sin mentir que no había recibido el mensaje.

La tarde anterior tuvo una conversación algo tensa con él sobre la visita de Ed Lucas al rodaje.

Empezó cuando un guardaespaldas del viceprimer ministro informó de que su jefe había mantenido una larga conversación con un par de extras.

–Me dijo que estaba seguro de que uno de los dos figurantes eras tú. Claro, le mandé a paseo. Le dije que obviamente te había confundido con otra persona.

–Pues es cierto.

–¿Es cierto que te ha confundido con otra persona?

–No, es cierto que Ed..., perdón, que el señor Calamidad ha hablado conmigo.

–¿Estás de broma?

–Lo siento –dijo Laura a la defensiva–, pero ¿qué iba a hacer yo? Vino directo a nosotros y empezó a preguntarnos por la pata que le falta a Skye y por Matt Walker.

–¿Que te ha preguntado por Matt Walker? ¿Por qué narices te iba a preguntar por un detective de ficción?

–Es una larga historia.

Se oyó un suspiro profundo.

–Sorpréndeme...

–Resulta que uno de los extras recibió un disparo.

–¿Con una pistola? ¿De verdad?

–Sí, con una pistola de verdad, pero no te preocupes, no se ha muerto. El problema era que todos creían que estaba muerto y que William Raven lo había asesinado por error mientras intentaba disparar a Sebastian. A decir verdad, habría sido menos sorprendente que Sebastian hubiera matado a William.

—Me estoy poniendo malo de pensarlo. ¿Me estás diciendo que se estaba utilizando munición real en un rodaje durante la visita de uno de nuestros políticos más importantes?

—No, todavía no había llegado. O al menos eso pensábamos. Al final resultó que había estado de incógnito desde el principio. Pero no te asustes... Bob, el que supuestamente había muerto, solo estaba borracho. O drogado. Todavía no lo sabemos.

A través del teléfono se oyó un gruñido.

—Puede que yo sí mate a alguien. A Brett Avery. Me prometió que estaríais a salvo en San Petersburgo. Me dijo que os tendría entre algodones.

Laura intentó contener la risa.

—Lo creas o no, nos están cuidando mucho. No es culpa de Brett que Chad, el recadero vengativo, se volviera loco. Pero no corrimos ningún peligro. Solo hizo daño a la gente que le había robado el trabajo a su tío. Menos con Bob, claro, que no había hecho nada.

—No me cuentes más. Creo que me va a dar un ataque de nervios. ¿Podemos volver a la pregunta del principio? ¿Cómo es que acabaste hablando con el señor Calamidad?

–Yo descubrí que Chad era el culpable de los supuestos accidentes, así que, después de que lo detuviera la policía y a Bob se lo llevara una ambulancia, el señor Calamidad me preguntó si me gustaba resolver misterios. Entonces le dije que me gustan las novelas de Matt Walker.

–¿Eso es todo?

–Sí, es todo. A Tariq le hizo una pregunta un poco rara. Quería saber si, en opinión de Tariq, acabarían ganando los buenos o los malos. Es bastante extraño, ¿verdad? Cuesta imaginar que alguien como él sea tan importante. Quizá se deba a su extraordinario don de gentes y ese carácter tan eléctrico.

–¿Eléctrico?

–Seguro que lo has notado. Desprende una energía extraña. No es lo que te esperas en una persona tan bajita y rechoncha. Es como si un relámpago se hubiera quedado atrapado en el cuerpo más improbable del mundo.

Calvin Redfern soltó una carcajada.

–Sí, te entiendo. Bueno, supongo que habrás satisfecho tu curiosidad y que no ha pasado nada. La verdad es que estoy deseando que acabe esta misión y que el señor Calamidad vuelva a suelo británico.

También estoy deseando que regreses sana y salva. ¿Qué planes tienes mañana?

–Tenemos rodaje con Skye por la mañana, pero nos han dicho que debemos echarnos una buena siesta por la tarde para no estar demasiado cansados durante la recepción en el Hermitage por la noche.

–¿La que Ed... digo, nuestro amigo... va a presidir? De ninguna manera. No puedes ir. Laura, ya te he dicho que es demasiado arriesgado. Mientras él esté en Rusia, hay posibilidades de que ataque un asesino.

–Por favor, déjanos ir, tío Calvin, va a ser lo mejor del viaje. Habrá un montón de famosos y vamos a estar a salvo. Kay dice que irá mucha gente interesante y que la comida será muy buena. Y después nos han pedido que ayudemos al equipo de rodaje en el museo. Por favor, no nos prohíbas ir. Me moriría de pena.

Otro suspiro profundo llegó por el auricular.

–¿Es tan importante para ti?

–Sí. De todos modos, Kay cuidará de nosotros. No nos perderá de vista.

–Y el tal Chad... ¿lo han detenido?

–Sí, está entre rejas.

–De acuerdo, podéis ir. Pero Laura...

–¿Sí?

–Ten cuidado. Recuerda que ya no estás en St Ives. San Petersburgo es un lugar mucho más oscuro.

Las puertas del ascensor tintinearon al abrirse. Laura se adentró tras Kay y Tariq en sus profundidades fluorescentes. Pensó en los ojos atentos y castaños de Ed Lucas, en la forma en que hipnotizó a Skye y el modo en que la atravesó a ella con la mirada al interrogarla. Tenía la sensación de que Lucas conocía de antemano la respuesta a las preguntas que le había hecho.

–¿Todo bien, Laura? –preguntó Kay–. Pareces inmersa en tus pensamientos.

–Todo bien. Estaba pensando en esta noche. Tengo la sensación de que va a ser inolvidable.

A su paso por recepción, el conserje corrió tras Kay.

–Pensé que ya había salido, madame. La acaban de llamar. Hay un hombre desesperado por localizarla. Dice que es un asunto de vida o muerte.

–Gracias –dijo Kay–. Sé quién es y ya le llamaré más tarde.

–Pero...

–Está bien. De verdad. Le llamaré más tarde.

Cuando salían por las puertas giratorias, Kay dijo con un gesto aburrido:

–Hay un oligarca ruso, un magnate del petróleo, por si no lo sabíais, que cree que puede comprarle a su hijo una carrera al estrellato en Hollywood. Casi me vuelve loca estos últimos días: me llama para ver si puedo modificar el guion y enchufar a su hijo. Me niego rotundamente a que me estropee la velada.

Recorrieron el canal por delante de los edificios de color pastel y las cafeterías donde se servían tortitas. Las barcazas abarrotadas de turistas jubilosos traqueteaban a su paso. En la Plaza del Palacio no quedaba ni rastro del decorado de la película, pero las caravanas de William Raven y Ana María Tyler estaban aparcadas en un callejón lateral, junto con el camión de la unidad de rodaje, que contenía las cámaras y el equipo de iluminación.

Al pasar por ahí, dos guardias con gorros de piel de oso se apartaron para abrir paso a una limusina. Las verjas electrónicas chirriaron al cerrarse. Del vehículo descendieron cuatro personas: un hombre, una mujer y sus dos guardaespaldas.

–El gobernador de San Petersburgo y su mujer –susurró Kay.

Cuando el grupo se alejó por una zona sombría, Laura distinguió el perfil de una pistola en la cadera de uno de los guardaespaldas. A pesar de que era una tarde cálida, se estremeció. Hasta entonces, había considerado que su tío había exagerado al preocuparse por los posibles peligros de Rusia. Por lo que había visto desde su llegada, San Petersburgo parecía una ciudad cordial, muy amable. Pero ahora comprendía que no era más que una ilusión. Era una ciudad hermosa, pero tenía un corazón oscuro.

Al cruzar el sombrío patio que llevaba al Hermitage, sintió la repentina necesidad de oír la voz de Calvin Redfern. Quería decirle que estaba con Kay y Tariq para tranquilizarlo, para que supiera que no tenía de qué preocuparse.

Agarró a su amigo del brazo y dijo:

–Tariq, me he dejado el móvil en el hotel. ¿Podrías prestarme el tuyo para hacer una llamada muy corta a mi tío?

Los invitados a la recepción estaban poniéndose en fila en el museo con sus mejores galas, y Kay y Tariq se quedaron mirándola sorprendidos.

–¿Cómo? ¿Ahora? –preguntó Kay–. ¿Ocurre algo urgente?

–Aquí tienes –dijo Tariq, sacando el móvil del bolsillo.

Laura estaba avergonzada.

–Lo siento. Tenía que haberlo hecho antes. Solo quiero decirle que Tariq y yo estamos bien y que no se preocupe.

–Están cortándonos el paso. ¿Van a entrar o no? –se impacientó un hombre con la panza tan oronda que podría ocupar el sitio de seis personas. Su esmoquin chirriaba por las costuras.

–He hablado con él a primera hora de la mañana –explicó Kay–. Le he asegurado que esta noche sería muy especial para Tariq y para ti. También le he dicho que se está preocupando sin necesidad ninguna, y al final ha estado de acuerdo. Cuando colgué el teléfono, se estaba riendo.

–¿Van a entrar o no? –exclamó el ruso enorme.

Laura le devolvió el teléfono a Tariq y avanzó siguiendo la cola.

–Tienes razón. En cualquier caso, no tiene sentido llamar ahora. Hay una diferencia de tres horas con Londres y no tengo novedades. Cuando volvamos a la habitación le contaré cómo ha ido nuestra velada con los famosos.

15

La recepción se celebraba en el Palacio de Invierno, en un salón iluminado por una araña tan resplandeciente que podría estar hecha entera de diamantes. A un lado de la sala había una vitrina de cristal que albergaba un faisán de oro macizo. Observaba a la multitud con porte regio y una pata levantada. Una sola de sus plumas de oro habría bastado para comprar y amueblar por completo la casa de Calvin Redfern.

Al otro lado de la sala vieron un pequeño escenario sobre el cual había una pantalla negra flanqueada por dos jarrones gigantes con flores y dos guardias armados. Un técnico inexpresivo estaba colocando allí un micrófono.

La sala ya estaba llena cuando llegaron. Había mujeres que llevaban joyas tan pesadas que Laura temía por la salud de sus cuellos, y desfilaban del brazo de hombres en esmoquin que parecían pingüinos. Sonaban choques de copas. Un camarero sonriente se presentó ante Laura y Tariq con cócteles de zumo de lichi.

Aunque eran las siete de la tarde, tras las cortinas de terciopelo que colgaban de las ventanas el sol de verano seguía iluminando el río Neva. Laura y Tariq, que no habían comido a mediodía por la promesa de los fabulosos entremeses, pararon a cada camarero que pasaba y llenaron sus platos con minúsculas pizzas y quiches, además de rollitos de *sushi* al estilo californiano. De postre incluso había diminutos cucuruchos de helado. En un momento dado, les ofrecieron caviar negro que rebosaba de un cuenco de plata, pero ahí echaron el freno. Tenía un olor fétido.

Mientras comían, se apoyaron en el alféizar de la ventana y observaron la estancia. A excepción de Ana María, eran los más jóvenes del lugar. Muy a pesar de Jeffrey, que no había sido invitado, ellos eran los únicos extras presentes.

–Es como observar una colonia de hormigas trabajando –comentó Tariq–. Todos tienen la misión de conseguir algo, pero se comportan como si estuvieran aquí para divertirse. Mientras tanto, intentan desesperadamente colaborar con alguien más rico y con mejores contactos que ellos.

–No estoy segura de que sean como hormigas –dijo Laura mientras miraba la forma en la que William Raven, Sebastian y la madre de Ana María se codeaban con la alta sociedad rusa y repartían encanto como si fuera chocolate–. Las hormigas son muy simpáticas. Para ser más exactos, habría que decir tiburones.

Mientras hablaba, se produjo un alboroto. Igor, el limpiador anciano, estaba intentando entrar con la fregona. Los fornidos porteros que, según sospechaba Laura, formaban parte del destacamento de seguridad de Ed Lucas o eran antiguos soldados de las fuerzas especiales rusas, le cortaron el paso. Sus intentos de rechazarlo se hicieron más firmes cuando Igor insistió meneando la grisácea cabeza. El anciano se alejó tambaleándose mientras se reían de él.

–¿Crees que deberíamos ir a ver si está bien? –preguntó Laura a Tariq.

–¿Quién es ese? –quiso averiguar Kay cuando llegó con dos vasos de burbujeantes refrescos.

–Igor –explicó Tariq. Es el limpiador al que los empleados del museo han apodado «el Guerrero». Está decrépito. Los de seguridad se estaban burlando de él.

–La guerrera seré yo si desaparecéis –replicó Kay–. Laura, tu apuesto aunque severo tío me ha dado instrucciones tajantes. Esta noche tengo que vigilaros a los dos como si fuera un halcón. No sé qué cree que va a ocurrir: el museo está cerrado al público y hay más guardias que estatuas en el Hermitage. No obstante, os vais a quedar a mi lado. Además, lo mejor está a punto de empezar. Os arrepentiríais si os lo llegáis a perder.

El viceprimer ministro tenía previsto hacer una presentación especial a las 19.30, pero ya eran las 20.05 y todavía no había aparecido. Brett Avery, que solo había obtenido permiso para filmar dos horas en el museo aquella tarde, estaba perdiendo los nervios. Cada vez que pasaba junto a ellos, se le hinchaba la vena del cuello.

–Ed Lucas será un pez gordo en las esferas políticas, pero, francamente, creo que es un maleducado –dijo Kay–. No me importa que sea...

–¡Chss! –chistó una mujer elegante con un vestido de noche de color turquesa pálido que la miraba fijamente.

El rumor de las conversaciones en la estancia se cortó de forma tan abrupta que parecía que alguien hubiera presionado el botón de silencio. Se oyó un chirrido, y un mosaico antiguo que representaba a un monje se separó de la pared y se abrió de par en par. A través de aquella puerta secreta apareció el invitado estrella de la velada. Fue recibido con ovaciones y aplausos.

Ed Lucas resultaba algo más impresionante vestido con un esmoquin negro y camisa blanca que con el traje gris que había llevado al rodaje. No obstante, su presencia transformó la energía de la sala. Todo el mundo guardó silencio y prestó atención. Los hombres parecían vivos y deseosos de impresionar. Las mujeres resplandecían como velas encendidas.

Su paso ágil lo llevó tan rápido hacia el micrófono que, desde lejos, parecía estar levitando. Subió trotando las escaleras del escenario, seguido por Ricardo, el artista. Formaban una extraña pareja: Ricardo, con su piel morena y la oscura mata de pelo rizado y desordenado, y Ed Lucas, pálido y poco interesante. Pero incluso cuando se unió a ellos el acicaladísimo gobernador de San Petersburgo, todas las miradas gravitaban alrededor del viceprimer ministro.

–Su eminencia, señor gobernador de San Petersburgo, damas y caballeros, niñas y niños, permítanme disculparme por el retraso. Espero que entiendan que he estado supervisando el embalaje de unos regalos especiales que recibirán a la salida. No pretendo estropear la sorpresa, pero todos recibirán un huevo Fabergé con joyas incrustadas.

El público emitió un suspiro.

–No es auténtico, he de decir...

Brotaron las carcajadas.

–Me honra presidir esta encantadora velada en la que los grandes y los buenos se han reunido para celebrar el rodaje de *El ladrón aristocrático*. No sé a ustedes, damas y caballeros, pero a mí me encanta el título. Para quienes no conozcan la historia, trata de un saqueo de arte, un robo. Un hombre rico y poderoso roba un cuadro de una de las instituciones artísticas más importantes del mundo: el Hermitage. Casi se sale con la suya, pero una huérfana arruina sus planes. –Meneó el dedo hacia su audiencia fingiendo una advertencia.– En caso de que los aristócratas aquí presentes esta noche hayan pensado hacer algo similar, les aseguro que el director del museo ha triplicado la seguridad habitual. Tendrán que vérselas con gente mucho más grande y mucho más espeluznante que una huérfana.

Más risas.

—Sin más dilación, tengo el privilegio de pedirle a William Raven que suba al escenario y descubra el cuadro que será «robado» del Hermitage durante la película. Es una copia de la obra maestra de Leonardo da Vinci conocida como «Madona Benois». Ricardo, el artista que se ha encargado del proyecto, es un auténtico genio. Desafiaría a cualquiera de ustedes a distinguir entre el cuadro real y la copia, de modo que, si creen que son capaces, háganmelo saber.

William Raven se unió a él en el escenario. Laura observó con atención para ver si volvían a intercambiar miradas como durante el rodaje, pero sus sonrisas y su apretón de manos parecían un gesto simplemente profesional.

Los guardias desplazaron la pantalla que tapaba el fondo del escenario. Detrás, colocados sobre caballetes, había dos cuadros cubiertos por una tela negra.

Ed Lucas miró al actor, que era dos veces más grande que él.

—¿Haría los honores, William?

Pero cuando William dio un paso al frente, se produjo un gran estrépito. El camarero que llevaba el cuenco de plata con caviar había tropezado y, al hacerlo, había derramado las pegajosas huevas de pescado como una cascada sobre la ropa de la mujer del gobernador, sus glamurosas hijas y un magnate del petróleo ruso. Acto seguido se oyeron unos gritos tan desgarradores que a Laura le sorprendió que las copas siguieran intactas.

El caos se prolongó varios minutos mientras se recogía el estropicio y el gobernador y varios oficiales acompañaban fuera de la sala al malhumorado magnate y las llorosas mujeres. Laura lo sentía especialmente por el camarero, que sin duda perdería su empleo.

–Quisiera pedir mis más humildes disculpas y perdón a cualquiera que se haya visto afectado en este desafortunado incidente –dijo Ed Lucas cuando la estancia volvió a quedar en silencio–. He prometido al gobernador que les compraré a su mujer y a sus hijas vestidos nuevos del diseñador que más les guste. Claro que es una promesa de la que puede que me arrepienta...

Resonaron carcajadas de alivio.

Laura volvió a asombrarse del poco esfuerzo con el que el viceprimer ministro se ganaba a la gente gracias a su encanto y generosidad. A ella misma le estaba empezando a caer bien. A fin de cuentas, había alabado a Skye.

—En serio –prosiguió–, será un placer compensarlas. Entonces, si no hay más cuencos de caviar que derramar, ¿podríamos volver a la atracción principal de la velada? William, por favor, muestre los cuadros.

El actor levantó la tela de cada cuadro como si fuera un torero agitando el capote. El público aplaudió.

—Extraordinario –se maravilló el viceprimer ministro mientras miraba los dos cuadros de cerca–. En mi opinión, he aquí dos obras maestras, no solo una. Pero no me hagan caso. Si son tan amables de formar una fila, los invito a examinarlos de cerca. Ricardo permanecerá a su disposición para contestar cualquier pregunta que tengan. Antes de que me marche, quisiera recordar a los posibles ladrones que el museo sabe cuál es el original.

Cuando el viceprimer ministro y William bajaron del escenario en medio de una salva de aplausos, los engulló un corro de celebridades.

—¿Queréis ver los cuadros de cerca? –preguntó Kay dirigiéndose a Laura y Tariq–. ¿O fue suficiente la inspección privada que os brindó Vladímir? La verdad es que no tuvisteis ocasión de compararlos. A Brett y a mí nos invitaron a hacerlo el día en que la copia estuvo terminada. A mí me parece que son idénticos.

Por un lado, Laura tenía curiosidad por ver si su huella dactilar seguía en el cuadro o si Ricardo la había visto y eliminado. Por otro, seguía sintiéndose culpable y todavía le inquietaba que se descubriera su fechoría.

—Con una vez es suficiente —contestó de forma sentida.

Tariq atrajo su mirada y se rio.

—Sí, a mí me pasa lo mismo. Además, deberíamos ir a buscar a Jeffrey para ver si tiene algún trabajo para nosotros. Tengo muchas ganas de ver cómo rodáis el robo del cuadro.

Kay sonrió.

—Yo también, pero me da la impresión de que me van a detener en cualquier momento. Ya sé que tenemos permiso y que el cuadro que estamos utilizando es falso, pero me parece que está mal rodar el robo de una obra de arte en un museo a plena luz del día. En fin, son tonterías. Será divertido. El rodaje de mañana será todavía más emocionante. El submarino que hemos alquilado para la escena de la huida ya ha llegado y está esperándonos en el río ahí fuera. Estoy deseando verlo.

—Un submarino —exclamó Tariq—. Genial.

—Kay, cariño, ahí estás —dijo Brett Avery acercándose a ellos en un estado de máxima agitación—. Necesito tu ayuda. A la madre de Ana María le está dando un ataque por el vestido de su hija. Dice que no le favorece. ¿Podrías venir a hablar con ella antes de que la estrangule con mis propias manos?

16

–¿**Crees que alguien** nos creerá en el colegio cuando les contemos cómo es la vida en el rodaje de una película? –preguntó Tariq mientras Laura y él seguían al director y a la guionista a la sala Leonardo da Vinci, en la primera planta.

–No –repuso Laura–. Me parece que no. Y aunque nos creyeran, deberíamos callarnos la verdad para que no pasen el resto del semestre con el orientador. Podríamos fingir que escribimos una historia para una revista de famosos y presentarles una versión edulcorada de los hechos. Podríamos contarles que William Raven es amable y modesto, que Sebastian no es nada orgulloso, que la madre de Ana María nunca se comporta como una loca.

–La señora Tyler es buena gente –dijo Tariq entre risas–. Cualquier padre estaría fuera de sus casillas si viera a su hija caer de un acantilado o en medio de un tiroteo.

–Es verdad –admitió Laura–. Pero es que...

–¿Vosotros dos vais a trabajar esta noche o preferís quedaros ahí parloteando? –inquirió el director de producción–. Porque si es lo segundo, puedo hacer que os acompañen al hotel.

–¿Por qué no dejas en paz a los chicos, Jeffrey? –le reprendió Kay–. Cuando no están salvando a nuestras estrellas se merecen disfrutar un poco de vez en cuando. ¿Has olvidado que están aquí por invitación del viceprimer ministro del Reino Unido? Por cierto, ¿podrías traerle una silla a Ed Lucas? Va a sentarse junto a Brett para ver la escena del robo.

Al oír el nombre de Ed Lucas, a Laura se le erizó el vello de los brazos. No le atraía la idea de volver a encontrarse con él, pero tampoco quería perderse el rodaje de la secuencia más trepidante de la película. No entendía por qué un hombre con esa posición se preocupaba por esas fruslerías. No era más que una película. Seguro que tenía asuntos más importantes que atender. Por ejemplo, la paz mundial.

Pero es cierto que incluso los políticos se merecen un descanso de vez en cuando. Según Kay, los ministros del Gobierno no solían preocuparse por esas cosas y rara vez invertían en arte, así que era muy agradable encontrar a uno que demostrara un mínimo interés. No obstante, a Laura le molestaba que el viceprimer ministro le estuviera dado tantos problemas a su tío durante su estancia en Rusia.

No hacía falta que se preocupara por volver a encontrarse con Ed Lucas. El político entró en la estancia en una burbuja que incluía al publicista de la película, a uno de los guardaespaldas y a diversos parásitos que lo escoltaron hasta la silla junto a Brett Avery. Jeffrey, aprovechando que Kay se había dado la vuelta, confinó a Laura y Tariq al rincón más alejado de la sala y les dijo que, en su opinión, los niños en un escenario estaban «más guapos desapercibidos».

–No sé si quieres decir lo que estás diciendo –le dijo Laura–. Hablas un poco raro.

Pero él se limitó a mirarlos con rabia y a repetir su amenaza de llevarlos a rastras al hotel si no hacían lo que les ordenaba.

La condena se pospuso cuando un repentino zumbido inundó el set y el director de producción tuvo que salir pitando para solucionar una crisis provocada por una cámara sin batería.

Separados de la sala por un montón de enormes cajas llenas de material, Laura y Tariq se pusieron a recoger cables siguiendo las instrucciones de Jeffrey y, entre caja y caja, curioseaban cuando el equipo iluminaba la escena. El cuadro falso de Ricardo ocupaba el sitio del Leonardo junto a la ventana. Casi todas las demás obras de la sala habían sido sustituidas por copias de menor valor para evitar que se dañaran durante el rodaje.

El viejo Igor entró en la sala asintiendo y haciendo chirriar la fregona.

–Disculpe –le dijo Laura–. He visto lo ocurrido abajo. Es decir, cuando los porteros se han portado tan horriblemente mal con usted. ¿Está bien? ¿Le gustaría sentarse con nosotros a ver el rodaje?

Su cabeza se giró de golpe como una tortuga sorprendida y algo ilegible afloró en su mirada. Estaba murmurando sonidos incoherentes cuando Jeffrey se dirigió a él:

–¡No, no, NO! Igor, por favor, estamos a punto de rodar una escena. Tienes que marcharte de inmediato. Cuando hayamos terminado, agradeceremos tu ayuda, pero ahora no.

Cuando la puerta se cerró tras Igor, Brett emitió el grito ya familiar:

–¡Acción!

Laura y Tariq apartaron un poco las cajas para poder ver mejor, pero las cámaras, el equipo, Brett Avery y Ed Lucas les tapaban ligeramente la vista. Laura esperaba que el viceprimer ministro no se derritiera debajo de la chaqueta. Las luces del estudio eran tan intensas que la estancia parecía un horno. Eran las nueve y media pasadas, pero el sol seguía brillando fuera.

William Raven, de nuevo ataviado como el aristócrata Oscar de Havier, entró paseando en la sala y fingió admirar los distintos cuadros. Cuando llegó a la Madona Benois, se detuvo a examinarla. Una pareja con un niño desobediente pasó a su lado. El mocoso, de entre siete y ocho años, se quejaba de aburrimiento. A Laura le recordó al niño escandaloso que se había tropezado con la fregona de Igor, salvo en que este era mayor.

El niño, con el pelo de punta y aspecto mimado, enfureció al guardia de la sala al tocar una estatua con un cartel que decía bien claro «NO TOCAR». Oscar de Havier, todavía junto a la ventana, lo miró con severidad. Pero surtió poco efecto en el niño, que siguió quejándose y alborotando. Cuando su madre lo regañó, su reacción fue toquetear un óleo cercano, lo cual hizo que saltara la alarma de la galería.

El ruido era ensordecedor y atrajo a los guardias, que acudieron a la carrera de todas partes. Cuando estaban a punto de detener a los padres del niño, intervino el aristócrata. Les explicó a los guardias que no era culpa suya. La pareja había intentado controlar al chico, pero este se había empeñado en ser un trasto. Afortunadamente, no había causado daño alguno. Con todo, el aristócrata les sugirió que se fueran de la galería antes de que se vieran obligados a recaudar dinero para reparar un Rembrandt o un Da Vinci.

Los avergonzados padres salieron de la sala acompañados por los guardias. Los demás visitantes habían huido presa del pánico o se habían marchado intimidados por los agresivos vigilantes.

Al final, Oscar se quedó solo en la estancia. Una ligera sonrisa emergió en su rostro. Abrió la ventana y agitó un pañuelo blanco en el exterior. Una persona enmascarada y vestida de negro se descolgó desde el tejado del Hermitage y aterrizó en el alféizar de la ventana. Llevaba un cilindro de cartón a la espalda.

Oscar se lo quitó y sacó de su interior la supuesta copia del Leonardo. Kay les había explicado a Laura y a Tariq que en realidad no era más que un lienzo en blanco. Editarían la imagen de la copia en posproducción. Oscar tenía que cortar el «original» del marco y sustituirlo por la imitación. Le habían dado un marco adicional para esa tarea. Después enrolló el cuadro «verdadero» y se lo entregó al enmascarado en el alféizar. En cuanto lo agarró, su cómplice se descolgó y desapareció.

Cuando Oscar cerró la ventana, la puerta de la sala se abrió de golpe. Un guardia entró y dijo:

–¿Qué ocurre? He oído un ruido.

–Claro que ha oído un ruido –respondió con tranquilidad el aristócrata–. Ha saltado la alarma. Casi me destroza los tímpanos. Un mocoso se ha empeñado en toquetear aquel Rubens.

–No quiero alarmarlo, pero era un ruido sospechoso. Como si rasparan, como si abrieran una ventana.

–Es que se ha abierto. Al venir aquí todos los guardias con el perro a encargarse del niño terrible, el aire se ha cargado tanto que he sentido cierto mareo. Me temo que he abierto la ventana para respirar un poco. Pido disculpas si no está permitido.

–Normalmente está prohibido, pero como se trata de usted, señor Havier, no hay problema. Perdone que haya sido un poco brusco. Esta noche estamos con los nervios a flor de piel. Nos enorgullece nuestra capacidad para mantener a salvo estos tesoros.

–No se preocupe, caballero. Lo entiendo perfectamente. Si me disculpa, tengo que marcharme. Buenas noches.

Mientras recorría la sala hacia la salida, lanzó una sonrisa vil.

–¡Corten! –exclamó Brett Avery. De un salto se alzó de la silla–. ¡Buen trabajo, William! ¡Menuda actuación!

–Estoy de acuerdo –dijo Ed Lucas mientras avanzaba con la mano extendida–. No puedo hablar por los demás, pero a mí me ha convencido de que podría ser un avezado ladrón.

–Gracias, señor Lucas. Es todo un cumplido viniendo de usted.

–Nunca pensé que diría esto, pero ha sido la toma perfecta –interrumpió Brett Avery–. Haremos una más por si acaso, pero me encanta cómo ha salido. –Se ajustó las gafas sobre el puente de la nariz y añadió:– Señor Lucas, le debo toda mi gratitud. Su presencia ha inspirado a los actores a superarse. Lo han dado todo en la actuación.

–El placer es todo mío, señor Avery. Recordaré esta noche el resto de mi vida.

Laura y Tariq, que acababan de salir de detrás de las cajas donde se guardaba el material y estaban recogiendo cables con diligencia para poder escuchar sin llamar la atención, se sorprendieron cuando el viceprimer ministro se les acercó.

–¿Qué os ha parecido la escena? –preguntó risueño–. ¿Os ha gustado? ¿Lo bastante inteligente para vosotros? ¿O Matt Walker y vosotros habríais adivinado el complot y lo habríais destapado?

Les guiñó un ojo y añadió:

–Yo creo que habríais sido perfectamente capaces.

17

—¿A qué ha venido eso? –preguntó Tariq cuando Laura y él entraron en la estancia del sótano que se había convertido en estudio de peluquería y maquillaje, así como en almacén para el reparto y el equipo de rodaje–. ¿A qué ha venido soltar esa pregunta y marcharse después sin esperar respuesta?

Laura tomó una galleta de chocolate de una bandeja junto a la jarra de café.

–Porque le encanta enredar a la gente. No es nada personal. Según Matt Walker, eso es lo que hacen los políticos. En cierto modo son como gatos. Algunas veces son agradables con otros gatos, por lo general porque quieren algo o porque el otro animal tiene las garras más afiladas, pero en la mayoría de los casos prefieren practicar juegos crueles con criaturas más pequeñas o más débiles que ellos. Los divierte.

—¿Qué es todo eso de gatos y ratones? —preguntó Kay—. Espero que no haya ratas en el museo... mordisqueando obras de valor incalculable. Sería una catástrofe.

Tomó una galleta y prosiguió:

—¿Os ha gustado el rodaje? Yo opino que la segunda toma ha salido mejor que la primera, pero Brett no está de acuerdo. Lo ideal habría sido trabajar más la escena, pero el museo quiere que nos vayamos en cuanto hayamos rodado en las escaleras, cuando Violet persigue a Oscar. Brett la está rodando ahora mismo y tengo que ir con él. Podéis venir a verla, pero es una de esas escenas de mucha prisa y mucha espera. Rodaremos veinte segundos y después pasaremos veinte minutos para volver a prepararlo todo.

Laura, que ya sabía que la vida de figurante no era para ella, fue incapaz de ocultar su falta de entusiasmo.

Kay sonrió y dijo:

—Lo entiendo perfectamente. Los días de rodaje pueden ser largos y, por lo general, bastante aburridos. No os preocupéis, todo habrá terminado pronto. Si estáis cansados o tenéis frío, quedaos aquí y tomaos un chocolate caliente. Estaréis a salvo. Además, seguro que las maquilladoras espantan a cualquier asesino en potencia...

–¡Te he oído! –exclamó Gloria, una rubia altísima con tacones de aguja rojos.

–¿Veis lo que os digo? Si Gloria no espanta a cualquier mala persona, se encargará el guardia. Está aquí para vigilar la «Madona Benois» hasta que vuelva a la sala Leonardo en breve.

Solo entonces Laura se percató de que, más allá de la zona donde estaban los maquilladores y los estilistas, un guardia solitario vigilaba el cuadro. La obra estaba de nuevo cubierta con la tela negra.

–Antes de que me vaya, tengo algo interesante que contaros –prosiguió Kay–. Durante la visita de Ed Lucas al museo esta mañana, se fijó en que a Igor le asomaban los dedos por los zapatos. Envió a uno de sus lacayos a comprarle al anciano un par de zapatillas de deporte de primera, eso sí, negras. Se las ha dado al limpiador al terminar el rodaje, cuando todos salvo yo habían salido de la sala Leonardo.

–¡Qué amable es Ed Lucas! –afirmó Tariq–. Quién iba a decir que alguien con tanto poder se iba a fijar en un limpiador.

–Eso mismo pensé yo, pero Brett me ha contado que Lucas fue un niño huérfano y que su origen es muy humilde. Me alegra ver que no lo ha olvidado. Igor estaba casi fuera de sí de alegría. Se puso los zapatos de inmediato. Cuando me fui de la galería, lo dejé limpiando el suelo alrededor del cuadro de Ricardo con una sonrisa de oreja a oreja.

–¿Dónde está Ed Lucas ahora? –preguntó Laura.

–Supongo que estará bien arropado en la cama de su hotel. Dijo que estaba agotado y listo para pasar unas largas vacaciones en algún lugar soleado.

El nuevo chico de los recados, que había sustituido a Chad, llegó corriendo y anunció:

–Kay, Brett te necesita por un cambio en el guion. Dice que es urgente.

Kay recogió su bolsa y dijo:

–Que el cielo me asista. Os veré dentro de un rato, chicos.

–Creo que voy a ir contigo, si no te parece mal –dijo Tariq–. Tengo curiosidad por ver cómo ruedan la escena. Laura, ¿te importa?

Laura le dio un sorbo al chocolate caliente antes de contestar:

–No, siempre que a ti no te importe que yo me quede aquí a descansar. Si me aburro, hablaré con Gloria. Pasadlo bien. Os veré dentro de un rato. Por cierto, Tariq, ¿me dejas el teléfono para que pueda escribir a mi tío?

Cuando se quedó sola, Laura se comió otra galleta y envió un mensaje a Calvin Redfern para decirle que la tarde había transcurrido sin percances y que lo habían pasado bien. *Con ganas d dormir*, añadió. Acababa de darle al botón de enviar cuando el teléfono empezó a vibrar. Era una llamada de un número desconocido. No contestó. Si hubieran sido los padres de acogida de Tariq, habrían aparecido sus nombres. Lo más seguro es que fuera un comercial británico intentando vender doble vidrio para las ventanas, y, si contestaba, Tariq tendría que pagar por la llamada internacional.

Al comprobar que su tío no contestaba a su mensaje, supuso que estaría ocupado trabajando. Como Ed Lucas regresaría al Reino Unido al día siguiente, imaginó que su tío estaría en una reunión de alta seguridad. Se preguntó si Calvin Redfern había tenido algún problema aquella tarde, o si algún mafioso ruso se ocultaba en la multitud.

Hacía frío en el sótano, así que se puso el abrigo sobre el vestido. Se alegraba de haberse decidido por las botas en vez de los incómodos zapatos de tacón que la mujer de vestuario le había propuesto.

Se levantó de un brinco y vagó hasta la obra maestra de Leonardo. Estaría bien ver el original de cerca, sin tener que esquivar los empujones de los turistas.

El guardia estaba encantado de tener a alguien con quien hablar. Levantó la tela con solemnidad.

–Gran *cuatro* –dijo, con un fuerte acento–. Leonardo gran genio. *Este* una de sus mejores *opras*. Obras.

–Es precioso –concedió Laura, aunque no era del todo sincera. A pesar del tiempo, el cuadro no había llegado a cautivarla. Era una obra maestra del arte, pero...

El pensamiento se congeló en su cerebro. Su mirada se había posado en la flor. Había una pequeña mancha en el pétalo azul. Pero no, no podía ser, porque este era el cuadro original.

Lo observó fijamente. Su mente debía de estar jugándole una mala pasada. Pero, cuanto más miraba, más llamativa se volvía la mancha. No podía creer que el guardia no se hubiera fijado. Era como mirar a alguien con la nariz gigante y roja y no decir nada.

–¿Te gusta? –preguntó el guardia.

–Ejem, sí, increíble. Gracias –respondió Laura distraída.

Mientras se alejaba, dejando atrás al guardia con el ceño fruncido, se metió las manos en los bolsillos del abrigo. No quería que el guardia viera que le estaban temblando.

—¿Va todo bien, cariño? —preguntó Luc, el jefe de peluquería, que estaba guardando los secadores y los potingues—. Pareces un poco pachucha.

Laura forzó una sonrisa.

—Estoy bien. Ha sido una noche estupenda, pero creo que es hora de ir a dormir.

—Muy bien.

Laura se sentó a la mesa y bebió un trago de chocolate tibio. Si ese cuadro era la copia, habían utilizado el original durante el rodaje. Como no lo habían dañado, no pasaba nada, a no ser que...

La taza empezó a agitarse en su mano. A no ser que los cuadros hubieran sido intercambiados deliberadamente para brindarle a alguien la oportunidad de robar el Leonardo.

Pero no, aquello era ridículo.

Laura tomó el teléfono de Tariq y buscó alguna red Wi-Fi gratuita. Había una, pero era muy débil. Mientras esperaba que el sistema de búsqueda se cargara, su mente se llenó de imágenes desordenadas.

Entonces recordó que en su primera visita al Hermitage, Igor, que parecía frágil, senil y prácticamente incapaz de sostener la fregona, había evitado que el niño ruidoso se cayera. Había movido la mano a la velocidad del ataque de una cobra.

«Lo trajo aquí el viento», había explicado Vladímir, «y quizá se vaya del mismo modo.»

«¿Quiénes acabarán ganando? ¿Los buenos o los malos?», le había preguntado Ed Lucas a Tariq.

Pensó en el *joker* que encontraron en la cama del hotel la primera noche... La señal que había descartado inmediatamente cuando pensó que no era más que una coincidencia.

A Laura le temblaban tanto las manos que le estaba costando presionar las teclas del teléfono. Se equivocó dos veces al escribir el nombre que estaba buscando, presionó *enter* demasiado pronto y tuvo que volver a empezar. Se preguntaba si debía llamar a su tío, pero este no había contestado a su mensaje, lo cual significaba que seguía trabajando. En cualquier caso, resultaba difícil saber qué decir. La fe que su tío depositaba en ella era conmovedora, pero incluso a él le habría costado creerla si le llamaba y le decía que el Hermitage era el objetivo de uno de los robos de arte más grandes de la historia, y que ella era la única que se había dado cuenta.

Volvió a probar el motor de búsqueda, pero la página no quería cargarse. La señal en el sótano era demasiado débil. Lo único que podía hacer era subir en ascensor a la primera planta y volver a la escena del rodaje. Así podría ver por sí misma si faltaba algo. Si el original seguía allí –y no había ninguna razón para que no estuviera allí– podría hablar con Brett y Kay en privado para explicarles que los cuadros se habían intercambiado por error y que tendrían que subsanarlo antes de que alguien se metiera en un lío.

El estilista se estaba preparando una taza de té cuando ella se acercó.

–Luc, si Tariq y Kay vienen a buscarme, ¿te importaría decirles que volveré pronto? Voy a subir un instante a coger una cosa en la sala Leonardo.

–Claro, cielo.

No había nadie en el pasillo. El ascensor dio una sacudida. Durante la subida, a Laura le palpitaba el corazón con fuerza en el pecho. Miró el teléfono. Todavía no había señal. Su tío tampoco había respondido al mensaje.

El ascensor se detuvo con brusquedad y las puertas se abrieron. Las luces principales estaban apagadas y los pasillos y salas estaban iluminados con catadióptricos colocados a intervalos. Resultaba difícil no sentir miedo, y Laura tuvo que reunir todo el valor que pudo para proseguir. Sintió la tentación de regresar para avisar a Tariq o pedirle consejo a Kay, pero eso llevaría cinco o diez minutos. Si alguien tenía previsto robar el cuadro, cada segundo contaba.

Con el corazón desbocado, se lanzó hacia la sala Leonardo da Vinci. Los fantasmas de los zares muertos y los ojos de los cuadros parecían seguirla. Durante un instante horrible, se imaginó que el equipo de la película se iba del Hermitage sin ella. Se quedaría atrapada en aquel inmenso museo, rodeada de ecos, y correría de una sala a otra incapaz de dar con la salida.

Pero aquello también era ridículo. Estaba dejando que los nervios se apoderaran de ella. Había señales que conducían a las salidas en todas partes, además de decenas de guardias en el Hermitage, y el hotel solo estaba a cinco minutos andando de la entrada principal. Además, ya era medianoche y el sol se estaba empezando a poner.

Respiró profundamente y se concentró. La sala Leonardo estaba en la sección intermedia del ala que daba al río. De camino sorprendió a un guardia medio dormido. Salió de las sombras y casi la mató de un susto, pero no discutió con ella cuando le explicó que había olvidado algo en una sala. Farfulló unas palabras en ruso y la dejó marchar.

En cuanto lo perdió de vista, Laura echó a correr. No podía esperar más. Tenía que saber si estaba equivocada.

La puerta de la sala Leonardo estaba cerrada. La abrió cautelosamente y se deslizó en el interior. La galería, iluminada por las luces de la calle y de la ciudad, había vuelto a su estado inmaculado. Parecía que todos los cuadros estaban en su sitio... excepto la Madona Benois.

Por un instante, el corazón de Laura pareció detenerse. La obra maestra había desaparecido. Laura miró nerviosamente a su alrededor. Quizá alguien la hubiera guardado. Quizá el conservador del museo no hubiera entendido que el original era el original y en ese mismo instante estuviera intentando entregárselo a Ricardo creyendo que era el suyo. El artista le diría que no, y todo acabaría bien.

Respiró con fuerza. Tenía que haber una explicación inocente. Si hubieran robado el cuadro, ¿acaso no habrían saltado las alarmas? Si se hubiera cometido un robo real en uno de los mayores museos del mundo, alguien, en alguna parte, se habría dado cuenta, ¿no?

El teléfono de Tariq sonó. La señal había vuelto. Laura miró el aparato. Tenía otra llamada perdida del número desconocido. Volvió a presionar el botón de búsqueda y el símbolo de Internet empezó a girar. En respuesta a su pregunta, Wikipedia cargó la página del viceprimer ministro Ed Lucas. Hizo clic en el enlace y apareció su biografía, además de la información que andaba buscando. Su nombre completo. Edward Ambrose Lucas.

No era información de gran utilidad. El nombre de mucha gente empezaba por A.

Siguió leyendo. En la sección de Primeros Años se relataba que su madre lo dio en adopción cuando solo tenía seis meses y que lo había criado la familia Lucas, que le cambió el primer nombre y el apellido, así que se quedó solo con su segundo nombre. En su certificado de nacimiento figuraba como Anthony Ambrose Allington.

Anthony Ambrose Allington. Póquer de Ases.

Detrás de ella se produjo un ruido suave. Se dio la vuelta a cámara lenta y el teléfono se le escurrió de los dedos inertes. Retumbó al llegar al suelo.

–Buenas tardes, Laura.

–Tarde, sí, aunque no la describiría como buena. Hola, señor As.

18

Ed Lucas emitió una risa apática que le puso a Laura la piel de gallina.

–Lo que más me gusta de ti, Laura Marlin, es que nunca me decepcionas.

El hombre miró hacia las sombras y Laura vio que tenía un cómplice: uno de sus guardaespaldas.

–Slither, ¿no te había dicho que si alguien podía descubrir la operación que hemos planeado tan meticulosamente y arruinar el trabajo de casi dos años sería esta escurridiza niña?

–Sí, jefe, así fue.

–En contra de los consejos de Slither, aquí presente, y en contra de mi propio juicio, te he estado esperando, Laura Marlin. Estaba seguro de que vendrías. ¿Sabes que durante los últimos meses, durante los cuales tu amiguito, el entrometido de tu tío y tú nos habéis costado a Póquer de Ases decenas de millones, lo único que me ha mantenido cuerdo ha sido la idea de que el mejor y más valioso adversario con el que me he topado jamás es solo una huérfana de once años? Hay algo casi poético en esto. No sabes cuánto deseaba conocerte.

Laura estaba tan débil a causa del terror que a duras penas podía mantenerse en pie, pero sabía que su única esperanza era mantener la calma y ganar tiempo por si un guardia irrumpía en la sala y la rescataba.

–Pues no es mutuo –respondió ella.

–¿Ah, no? Me pareces una de las niñas más honestas que han existido... Tan honesta como Calvin Redfern, y eso ya es decir... Pero no te creo. Todos los buenos detectives están infinitamente interesados por el funcionamiento de la mente criminal. ¿De verdad no sientes ni una pizca de curiosidad por saber cómo hemos ideado todo esto?

–Sí que tengo una pregunta.

–Pues dispara. No te preocupes, hemos soborna-
do a dos guardias para que estén alerta. Nadie nos va
a molestar. Además, el director del museo, de muy
buena gana, me ha dado permiso para pasar algo de
tiempo en privado aquí arriba.

El ánimo de Laura se hundió al saber que nadie
entraría a ayudarla, pero se esforzó por que no se
notara.

–¿Qué fue primero? ¿Planeabais robar el cuadro
y la película fue una coincidencia o es que os ente-
rasteis de la película sobre el robo de una obra de
arte?

–La película fue primero. Hace unos seis meses,
un socio mío de Hollywood oyó un rumor sobre *El
ladrón aristocrático*. Me lo comentó porque la historia le pareció entretenida y pensó que nosotros podíamos hacer algo en la misma línea, pero en la vida
real. Propuse que fuéramos un poco más allá y com-
práramos el estudio de cine Tiger Pictures. Eso nos
permitiría usar el rodaje como medio para controlar
el acceso al museo y, en el momento de la verdad,
desactivar la alarma.

»Al final ha sido fácil. Hicimos que Tiger Productions quebrara, intervinimos como benefactores
deseosos de financiar tanto la productora como su
nueva película, y pronto el resto será historia.

Laura no se molestó en ocultar su disgusto.

—Supongo que Igor es quien ha actuado desde dentro.

—En efecto. Para mí es importante que los malhechores mantengamos cierto sentido del humor, y con Igor nos hemos reído de lo lindo. Como podrás imaginar, Igor no es su nombre de verdad. En Póquer de Ases se le conoce como el Guerrero... y con razón. Es un luchador legendario de kung fu y un atleta de primera, y además es bastante buen actor. En la vida real no tiene ni treinta años, así que el pobre lleva un año entero poniéndose prótesis facial a diario (una nariz falsa y la piel arrugada). No pareció molestarle, supuso que valía la pena a cambio de un pago de cinco millones de dólares.

—¿Y se descolgó de la ventana como el ladrón de la película?

—Nada tan dramático. Sencillamente salió de la sala con la Madona Benois metida en un cilindro de cartón que ocultó bajo el abrigo. Desmontamos el marco y lo guardó en la caja que llevaba bajo el brazo, así como varias antigüedades egipcias y orientales. Mantendrán nuestras arcas llenas por un tiempo cuando lleguemos a nuestro destino.

Mientras hablaba, Laura lanzó miradas discretas a su alrededor. Debía haber algún modo de atraer la atención hacia la sala o escapar. Solo tenía que mantenerlo distraído.

–¿Cómo conseguiste intercambiar los cuadros antes del rodaje?

–Ah, un inesperado fallo de la detective más joven de Gran Bretaña. Me sorprendes, Laura Marlin. Sabíamos que el intercambio sería pan comido cuando los pusiéramos juntos para que esa panda de ricachones pudiera compararlos durante la recepción. Quien me preocupaba eras tú. Estaba convencido de que te darías cuenta.

–Y así fue, pero no a tiempo. A ver si lo adivino. William Raven es tu socio, o quizá solo un hombre que te debe un favor. También es un antiguo prestidigitador. Él ha intercambiado los cuadros mientras el camarero distraía la atención derramando el caviar.

–Correcto. William no es un artista del robo, pero me debe uno o dos favores y, como sabes, es un mago con mucho talento. Al principio no quería ayudar y tuve que recordarle a través de mis mejores hombres que se ha aprovechado sobradamente de mi generosidad y de mis contactos a lo largo de los años. Cuando además le ofrecí el papel principal de la película como aliciente, entró en razón. Cuando uno tiene un ego del tamaño del de William, la fama siempre va a resultar atractiva.

Laura lo miró fijamente y dijo:

–Sabes que no te vas a salir con la tuya. Cuando descubra quién eres, mi tío te dará caza hasta los confines de la tierra.

Ed Lucas se rio.

–Por favor, la parte más entretenida de este viaje a Rusia ha sido tener a mi archienemigo Calvin Redfern a cargo de mi propia seguridad. Hace un par de meses hicimos circular información en los servicios de inteligencia británicos según la cual la mafia rusa planea asesinarme. Ha sido desternillante ver a tu tío acabar hecho polvo la última semana intentando protegerme. Mientras hablamos, seguramente esté organizando mi regreso a Londres mañana. Otro esfuerzo inútil.

–¿No vas a volver?

–De nuevo aciertas. Lo cual me recuerda el acuciante asunto de nuestra partida. Slither, ¿cómo ves nuestra ruta de escape?

Una luz blanca se encendió y Laura vio que Slither, que, con su pelo engominado y grasiento, se parecía a Drácula, tenía en sus manos un iPad mini. Mostraba las cámaras de seguridad del museo en una serie de pantallas en blanco y negro.

–El camino está despejado. Deberíamos irnos, jefe.

–De acuerdo. Un consejo, Laura: una mente activa como la tuya estará valorando todas las posibilidades de huida. Créeme si te digo que no es buena idea. Si gritas o haces saltar una alarma, o si no te muestras alegre y tranquila en caso de que nos crucemos con alguien por el camino, tengo a gente en posición para eliminar a tu tío y a tu novio antes de que puedas parpadear. ¿Entendido?

La extraña electricidad de Ed Lucas envolvió a Laura de forma tan eficaz que se sintió sin fuerzas para luchar. Cada vello de su cuerpo estaba erizado. Pero ahora sabía qué era aquel magnetismo: maldad pura. También sabía que sus posibilidades de escapar de Póquer de Ases se reducirían a cero si lograban sacarla del Hermitage sin ser vistos.

Slither la agarró del brazo.

–Venga, pequeña Miss Sunshine. No hay tiempo que perder. Vamos con retraso por tu culpa.

–¡Espera! –gritó Laura, olvidando mantener la voz baja.

El viceprimer ministro le lanzó una mirada peligrosa.

–Pensaba que habíamos llegado a un acuerdo.

–Sí, así es. Pero ¿a dónde me llevas? ¿No puedes decírmelo?

Ed Lucas no contestó, pero le hizo una señal a Slither, que le soltó el brazo. Se colocaron un paso por detrás de la niña, uno a cada lado, y la empujaron hacia delante. En cuestión de segundos estaban fuera de la sala y descendieron en silencio por la escalera de emergencia. Al llegar abajo, se encontraron con un guardia que los saludó y les abrió la puerta. Al otro lado había un túnel oscuro y flotaba un hedor a humedad y a pescado podrido.

El guardaespaldas encendió una linterna y le dio a Laura un empujón que casi la tiró al suelo.

—No te pases, Slither —le avisó Ed Lucas.

Desorientada, Laura intentó averiguar hacia dónde se dirigían. ¿Iban hacia la Plaza del Palacio o hacia el río? A juzgar por el olor, era la segunda opción. No tardó mucho en averiguarlo. Al girar en una curva, una persona muy fuerte vestida de negro les abrió una pesada reja de hierro.

—¿Lo reconoces? —preguntó Ed Lucas.

—No, pero supongo que es Igor.

El Guerrero alargó sus toscas manazas hacia la oscuridad y la sacó de la alcantarilla como si pesara menos que el cuadro que llevaba en el cilindro de cartón bajo el abrigo.

Estaban en un embarcadero junto al río, protegidos por el muelle, que los separaba de la carretera. El agua negra relucía como petróleo. Había una lancha amarrada al muelle, pero nadie avanzó hacia ella.

Laura sintió náuseas de miedo.

–¿A dónde vamos? ¿Por qué me haces esto? Si me dejas libre, intentaré convencer a mi tío de que sea indulgente contigo. Le diré que no puedes ser maligno del todo si has sido capaz de liberarme.

Ed Lucas suspiró.

–Laura, ya hemos hablado de esto. Vas a venir con nosotros y punto. No te preocupes, te va a gustar. Será una gran aventura, y a ti te encantan las aventuras. Dentro de un momento partiremos rumbo a un amable país de Sudamérica. Nos retiramos, ¿sabes? Me refiero a Póquer de Ases. Tengo la teoría de que es bueno retirarse cuando se está ganando. Además, puede que el Gobierno británico no vea con buenos ojos las actividades de esta noche.

Entonces se oyó un zumbido y el agua frente a Laura empezó a agitarse como si fuera a surgir un monstruo de las profundidades. La lancha se alzó sobre las olas. Las manos de Laura, que estaban enterradas en sus bolsillos, temblaban sin control.

–En cuanto a ti, Laura, no deberías tener miedo. Te espera una vida estupenda. Cuatro de nuestros hombres traen a sus mujeres y a sus hijos con ellos, así que tendrás un montón de amigos con los que jugar. Hemos comprado un rancho en mitad de la nada. Podrás montar a caballo bajo el sol. ¿No es eso lo que te gusta? Y si alguna vez decidimos volver a la acción, podemos mostrarte nuestros planes para que nos digas si hemos cometido algún error. De todos modos, no te llevamos con nosotros para eso.

–No –corroboró Slither con una desagradable risilla–. En realidad es para vengarnos de tu querido tío Calvin. Hemos pensado que arrebatarle a su querida sobrina le hará daño a largo plazo, mientras que, si le disparamos, todo acabaría en cuestión de segundos.

Ed Lucas sonrió y añadió:

–Como ves, Laura Marlin, el señor Avery se equivocaba. Aunque a todo el mundo le gusta ver a un héroe en el cine, en la vida real los malos suelen ganar.

–¿No olvidas algo? –preguntó Laura.

El viceprimer ministro frunció el ceño.

–¿Qué?

–Todavía no has ganado.

Las aguas negras se revolvieron y borbotearon, y el zumbido se hizo más fuerte. El monstruo salía a la superficie, adquiriendo gradualmente la forma de un submarino que rozó levemente el muelle. Se produjo un silbido de aire y una escotilla se abrió de golpe.

Ed Lucas hizo un gesto galante hacia el submarino.

–Después de ti, Laura Marlin –dijo con exquisitos modales.

19

Skye destrozó la última página del *St Petersburg Times* y se sentó sobre las patas traseras para admirar su obra. Parecía que se había producido una tormenta de nieve sobre la alfombra de la habitación del hotel; una nieve con anuncios y titulares que, además, estaba salpicada de migas tras su saqueo al minibar. Por si fuera poco, también estaban los cordones de las botas de Tariq y un polvo suave pero de olor desagradable que el husky había encontrado en el baño.

Se había divertido un rato, pero ahora volvía a aburrirse.

Unos pasos rítmicos y ahogados sonaron por el pasillo. Skye corrió hacia la puerta con la esperanza de que fuera Laura, pero los pasos siguieron resonando sin detenerse. Quejumbroso, volvió a la nieve de periódico y se desplomó. Era muy poco habitual que su dueña estuviera tanto tiempo fuera. Se estaba impacientando.

Un minuto después volvió a incorporarse. Esta vez intentó arañar las puertas del balcón con la pata izquierda. Al principio no ocurrió nada, pero después sintió que algo había cedido. Arañó con más fuerza. Sonó un chasquido y el aire de la noche inundó la habitación con sus fascinantes olores. Skye salió al balcón y asomó el hocico entre los barrotes. La distancia hasta el suelo era considerable y el canal estaba demasiado lejos para amortiguar su caída.

Estaba a punto de retirarse cuando divisó una cornisa. Si se estrujaba por el hueco entre la pared y los barrotes, probablemente la alcanzaría. Sus orejas se irguieron. Si Laura no venía a él, él iría a Laura. Sin siquiera volver la vista a la caótica habitación que dejaba atrás, saltó.

Mientras, en el Hermitage, los directores de la película y del museo estaban intercambiando unas palabras. Brett rogaba que le concedieran más tiempo para realizar la última toma.

–Una cochina toma más. No supondría ni veinte minutos.

–Eso es lo que dijo hace una hora, señor Avery. Mis empleados están agotados. Sus empleados están agotados. No está siendo justo.

–¿Que no estoy siendo justo? Ha sido el idiota de su empleado el que ha desconectado la electricidad en mitad de la última escena. Y antes de eso, otro zopenco...

–Esto va para largo –murmuró Kay a Tariq–. ¿Por qué no vas a ver cómo está Laura? Bajaré en cuanto pueda. Créeme, tengo tantas ganas de meterme en la cama como vosotros dos. Pero no te preocupes, mañana podemos levantarnos tarde.

Tariq tomó el ascensor de servicio hacia el sótano. Estaba casi vacío a excepción de un par de maquilladores, dos extras, el guardia que seguía vigilando el cuadro con cara de aburrimiento y los encargados de recoger las cajas más pesadas del equipo.

Tariq sintió el primer asomo de inquietud.

–¿Alguien ha visto a Laura?

–Hace un rato que no la veo –contestó Gloria–. Estuvo mirando el cuadro y luego salió. Debe de estar en el baño, encanto. Tómate un chocolate caliente.

Tariq le dio las gracias y se sentó a esperar. A medida que pasaban los minutos, crecía en él la preocupación. Quizá le hubieran propuesto ir en taxi al hotel, pero era muy improbable que hubiera aceptado sin decírselo a Kay. Aunque quizá hubiera decidido que no quería ver el rodaje y hubiera tomado las escaleras cuando él iba en ascensor. Kay le diría dónde podría encontrarlo. En cualquier momento entraría por la puerta.

Para distraerse, se fue al rincón donde el guardia parecía haber perdido momentáneamente el interés por vigilar la obra de Leonardo. Tenía los ojos cerrados. Cuando Tariq se acercó, volvió a la vida de un brinco y levantó la tela antes de que el niño dijera nada.

–Gran *cuatro*. A tu amiga gusta mucho.

Tariq sonrió y dijo:

–Seguro que sí.

El muchacho examinó la pintura. Tariq había pasado años dejándose los dedos como esclavo en la producción de tapices, tanto en Bangladesh como en Cornualles, pero eso no había afectado a su amor por el arte. Al mirar un cuadro, intentaba imaginar al artista mezclando colores y buscando efectos concretos.

Ahora, sin embargo, lo que vio fue algo diferente. Algo que hizo que se le helara la sangre en las venas. Vio la minúscula mancha en la flor azul.

Su corazón empezó a palpitar. Durante un instante se preguntó si se habría confundido y el guardia era consciente de que estaba vigilando la copia de Ricardo en vez del original de Leonardo, pero de ser así no estaría pendiente del cuadro.

Luc le dio un toque a Tariq en el hombro y casi le provocó un ataque al corazón.

–Me han dicho que andas buscando a Laura. Me pidió que te dijera que iba a subir un momento a buscar algo.

–¿Dijo a dónde iba?

–No, pero no creo que tarde mucho.

Dándoles las gracias a Luc y al guardia, Tariq atravesó con calma la estancia y salió al pasillo, que estaba abarrotado de cajas con material. En el sótano hacía frío, pero él empezó a sudar. Conocía a su mejor amiga casi mejor que a sí mismo. Si Laura había examinado el cuadro, se habría dado cuenta de que era falso y se habría ido directamente a la sala Leonardo para comprobar si el original seguía en su sitio. Si no estaba, significaría que lo habían robado o que lo iban a robar.

Mientras recorría el pasillo intentando no llamar la atención, estuvo a punto de tropezar con una caja en la que ponía Joker Productions. Paró a un hombre que llevaba un carro lleno de cables.

–Disculpe, ¿qué es esto de Joker Productions?

El encargado resopló y dijo:

–Eres un extra, ¿verdad? Son los que te pagan el sueldo, chaval.

Tariq se quedó pasmado.

–Pero yo pensaba que... Pensaba que el nombre de la empresa era Tiger Pictures.

–Así es, pero cuando Tiger quebró, Joker Productions vino al rescate con un montón de dinero y acordó financiar la película. Son socios capitalistas. Se encargan de pagar las facturas, pero no pueden inmiscuirse en la producción de la película. Solo pusieron una condición: que el reparto de Brett y Kay incluyera a William Raven en el papel principal.

–¿Y eso por qué?

El hombre miró hacia atrás por encima del hombro y bajó la voz.

–Un amigo me ha dicho que William... ¿cómo decirlo? William estaba en deuda con un mandamás de Joker. Por eso consiguió el papel. De todas formas, ¿a ti qué te importa? Tiger, Joker, ¿qué más da mientras paguen, eh?

–Sí, sí.

La sangre se le agolpaba en las orejas a Tariq como si se avecinara un tsunami. Era tan rebuscado que tenía que ser una coincidencia. Tiger Pictures, una productora de éxito, quiebra casi de la noche a la mañana. Joker Productions, una empresa con el nombre de la tarjeta de visita favorita de Póquer de Ases, aparece y financia *El ladrón aristocrático* y utiliza un guion sobre el robo de una obra de arte como cortina de humo para llevar a cabo un robo de verdad. Pero ¿y si no fuera coincidencia? ¿Y si se tratara realmente de un juego mortal? ¿Y dónde se había metido Laura?

Pero se estaba anticipando. El cuadro de Leonardo podría estar colgado en su sitio en la sala y tal vez Laura estuviera tan contenta esperándole sentada junto a Kay.

Mientras el ascensor lo llevaba a la primera planta, pensó en lo raro que resultaba que las cosas siguieran su curso y todo el mundo actuara con absoluta normalidad, cuando su sexto sentido le decía que su mundo y el de los demás estaba a punto de saltar por los aires.

En el primer piso reinaba el silencio. A través de las ventanas se veía que ya casi había oscurecido, y Tariq distinguió los mástiles del enorme barco que ahora servía de restaurante al otro lado del río. Avanzó sigiloso por la penumbra de los pasillos con la esperanza de que nadie lo viera, pero con la sensación de que las estatuas y los cuadros de las paredes lo observaban.

Frente a él, una puerta se abrió de golpe. Dos de los guardaespaldas de Ed Lucas salieron con aire preocupado. Puesto que se suponía que el viceprimer ministro había abandonado el museo al menos una hora antes, Tariq se sorprendió al verlos. Un guardia salió de detrás de un pilar y se acercó a ellos. Los tres hablaron brevemente y los guardaespaldas se fueron a toda prisa en otra dirección. Tariq aprovechó la ocasión para dejar atrás al guardia y pasar a la sala Leonardo por otra puerta.

Lo primero que vio al entrar fue el espacio vacío en la pared donde debía estar colgado el cuadro. Lo segundo fue un reflejo en el suelo. Corrió a verlo y lo tomó en sus manos. Era la parte posterior de su teléfono móvil. Lo reconoció porque había raspado sus iniciales en un lado por si se lo robaban en el colegio. No había ni rastro del resto.

El miedo paralizó a Tariq. Quienquiera que se hubiera llevado el cuadro, se había llevado también a Laura, de eso estaba seguro. Pensar que pudiera haber sido Póquer de Ases le revolvió las tripas. Quería a Laura más que a nada en el mundo. Era su mejor amiga y la mejor persona que conocía. Si algo le pasaba...

Pero no, no pasaría. No lo permitiría. Tenía que buscar ayuda.

Pensó en la escena que acababan de rodar aquella tarde. En ella, el niño tocaba un cuadro para hacer saltar la alarma. Quizá debiera hacer eso. Quizá fuera la forma más rápida de pedir ayuda.

Corrió hacia un cuadro, pero, antes de que pudiera tocarlo, lo agarraron unos brazos muy fuertes. Una mano le tapó a boca.

—No hagas ruido, Tariq —susurró Calvin Redfern—. Lo último que queremos es que salte la alarma. La vida de Laura depende de ello.

20

Tariq nunca había sentido tanto alivio al ver a alguien en su vida.

–Han raptado a Laura. Creo que han sido los de Póquer de Ases. También se han llevado un cuadro de Leonardo da Vinci.

Calvin Redfern parecía agotado. Tenía el traje arrugado del viaje, el pelo de punta y había perdido la corbata.

–Tariq, escucha con atención. Ed Lucas es el jefe de Póquer de Ases. Es el hombre al que he estado dando caza a lo largo de toda mi carrera, el principal responsable de todo un imperio de maldad.

–¿El viceprimer ministro del Reino Unido es el señor As? ¿Seguro? ¿Y no es el error de inteligencia más catastrófico de la historia?

–Pues sí, la verdad. Podría incluso acabar con el Gobierno. Ojalá lo hubiera sabido antes. Mi primera pista fue cuando Laura me dijo que te había preguntado quiénes iban a ganar, los buenos o los malos. No es el tipo de pregunta que haría un político a un niño y me hizo sospechar que Lucas no solo era un corrupto, sino que estaba implicado en una asociación delictiva.

»Todo empezó a encajar. Comencé a investigar sus relaciones, tanto en el Reino Unido como en Rusia. Lo que descubrí me horrorizó. Entonces pensé en el argumento de la película: un aristócrata que roba una obra de arte. Se me ocurrió que era el tipo de treta astuta que tanto le gusta a Póquer de Ases. Cuando todo cobró sentido, me di cuenta de que Laura y tú corríais un grave peligro durante la recepción. Me subí al coche y me fui pitando al aeropuerto de Heathrow. De camino, he intentado ponerme en contacto con vosotros por todos los medios, pero Laura tenía el teléfono apagado, Kay no contestaba y tú tampoco.

»He aterrizado en San Petersburgo hace una hora y media, pero el tráfico hasta el Hermitage ha sido una pesadilla. Mientras, les he dicho a los guardaespaldas de Lucas que no lo pierdan de vista, pero sin revelar mis sospechas de que el viceprimer ministro es el señor As; aunque poco importa, ya que uno de los agentes ha desaparecido. A no ser que también haya sido secuestrado, creo que podemos considerarlo un miembro de Póquer de Ases.

–Laura iba a escribirte –dijo Tariq apresuradamente–. ¿No lo ha hecho?

–He recibido un mensaje suyo hace cuarenta minutos desde tu teléfono, en el que decía que la tarde había transcurrido sin percances y que tenía sueño. Por un tiempo me ha tranquilizado. Pero en cuanto el taxi ha llegado al museo, Jason, uno de nuestros agentes más leales, ha llamado para decir que Ed Lucas nos ha dado esquinazo.

La puerta al otro lado de la sala se abrió y uno de los agentes que había sido guardaespaldas de Ed Lucas entró. Tariq lo había visto en el set de rodaje.

–Señor, lo hemos visto. Creemos que se dirige al río.

–Estupendo –dijo Calvin Redfern y, poniéndole una mano en el hombro al muchacho, añadió–: Tariq, tú sabes mejor que nadie lo violentos y mortales que son los miembros de Póquer de Ases. Si vamos a salvar a Laura, mis hombres y yo tenemos que hacer esto solos. Lo mejor que puedes hacer para ayudarla es regresar con la gente del sótano y fingir que no ha ocurrido nada. Si se dispara la alarma y cunde el pánico, no tendremos ocasión de atrapar a Póquer de Ases.

–¿No podría ir con vosotros? Es mi mejor amiga. Puedo ayudar. No os estorbaré, lo prometo.

–Tariq, lo único que quiero que prometas es que irás directamente al sótano. No quiero que te usen a ti también de rehén. Ojalá pudiera llevarte yo mismo, pero no hay tiempo que perder. Toma mi teléfono. En caso de emergencia, llama a Jason. Tengo que irme. Recuerda: ni una palabra a nadie.

♠

Tariq avanzó a través de los pasillos silenciosos y dio un rodeo para evitar a dos guardias que estaban murmurando. Se sentía fatal. Uno de los hombres más malvados del mundo le había arrebatado a su mejor amiga y todo había sido culpa suya. Si se hubiese quedado con ella en vez de asistir a unos minutos más de rodaje, habría podido salvarla. Si le llegaba a pasar algo, nunca se lo perdonaría.

El ascensor emitió un sonido metálico cuando se abrió en el sótano. La sala donde había estado el equipo se encontraba vacía, excepto por Gloria y una de las chicas de vestuario. Estaban mirando un catálogo. El guardia permanecía sentado junto al cuadro de Ricardo, con la mirada perdida de cansancio, sin saber que la verdadera obra maestra había desaparecido.

Gloria levantó la vista y dijo:

–Chico, te la vas a cargar. ¿Has visto a Kay? Os está buscando a Laura y a ti por todas partes. Cree que os ha raptado la mafia rusa. Le he dicho que lleva viviendo en Hollywood demasiado tiempo.

Tariq intentó sonreír.

–Lo siento, nos han entretenido. Voy a intentar buscar a Kay. Si no la veo, dile que estamos bien y que no tiene de qué preocuparse.

Salió al pasillo y miró la salida de incendios en el extremo opuesto. El equipo la había utilizado como puerta de acceso para cargar y descargar los materiales, por lo que seguramente daría a la carretera o al río. Si salía y se quedaba en las sombras, quizá lograra ver algo útil.

Le había dado su palabra a Calvin Redfern de que iría al sótano, pero no había dicho nada de quedarse.

Un minuto después, Tariq estaba en el margen del río bajo el cielo azul oscuro. Al otro lado del Neva, la oscura silueta de la Fortaleza de Pedro y Pablo desprendía un halo vaporoso de luz platino.

Intentó ponerse en el lugar de la banda de Póquer de Ases. Eran muy osados. Se vanagloriaban de ser delincuentes de elite, los mejores del mundo, y disfrutaban sorprendiendo y asustando a la gente con sus terribles fechorías. Podía imaginarlos regocijándose mientras planeaban un robo en el que el arte imitaba la vida. La pista para atraparlos radicaba en descubrir en qué momento la vida no había imitado el arte.

¿Sería posible que, por ejemplo, se hubieran descolgado desde la ventana de la sala? Podía ser, porque, si alguien los detenía, podrían alegar que estaban filmando *El ladrón aristocrático*. Pero, por otro lado, ¿se habrían arriesgado a que las cámaras de vigilancia los grabaran o a que los viera un policía?

Era poco probable. Eso significaba que tendrían que haber echado mano de dos topos para intercambiar los cuadros y sacar la obra maestra del museo. ¿Quién podría haber sido? ¿William Raven? No, demasiado egocéntrico. ¿Ana María Tyler? No, nadie se atrevería a enfrentarse a su madre. ¿Jeffrey, el antipático director de producción? No, era demasiado estúpido. ¿Algún miembro del equipo? ¿Un empleado del museo?

Oh, no había solución. Podría haber sido cualquiera o ninguno, y, mientras tanto, Póquer de Ases podía estar alejándose a toda prisa con Laura.

Tariq estaba furioso consigo mismo. Deseó tener una mente como la de Laura, diseñada para resolver misterios. Él era bastante fuerte y valiente, pero ni de lejos tenía el talento de su mejor amiga para entender la psicología criminal.

Pensar. Tenía que pensar. Si los ladrones tenían que huir a toda prisa con un cuadro, ¿por dónde se irían? La Plaza del Palacio estaba demasiado a la vista, y un coche esperando en la carretera junto al río, por poco tiempo que fuera, llamaría la atención. Entonces, ¿en barco? Pero ¿dónde lo atracarían y cómo subirían a bordo? ¿A través de un túnel? ¿Una alcantarilla? ¿Dónde desembocarían esas vías de escape?

Mientras corría por la orilla del río, se le ocurrió una idea. Kay había mencionado que al día siguiente iban a usar un submarino en el rodaje. Si Póquer de Ases estaba detrás de la producción, cabía la posibilidad de que los contactos políticos o mafiosos de Ed Lucas hubieran traído un submarino de verdad;

no una vieja reliquia alquilada solo para la película, sino uno sofisticado que pudiera llevarlos a México o a dondequiera que vayan a ocultarse los delincuentes modernos.

Tariq echó a correr. Kay había dicho que el submarino estaba atracado en el río, frente al Hermitage. Si seguía allí, tendría que estar muy cerca. Ahora que sabía lo que andaba buscando, lo divisó casi de inmediato. Estaba anclado en la profunda y densa oscuridad bajo el puente. Su casco, que parecía una pantera, era casi invisible.

Sus ojos no tardaron en acostumbrarse a la oscuridad. Había tres o cuatro personas moviéndose a su alrededor. Una de ellas, al avanzar, produjo un destello de luz. Una fracción de segundo después, la oscuridad lo cubrió todo, pero Tariq comprendió casi de inmediato que lo que había visto era el pelo rubio de Laura. La estaban subiendo a bordo. Si las escotillas se cerraban, la perdería para siempre.

Echó a correr hacia el puente. Con un poco de suerte, los miembros de Póquer de Ases estarían tan enfrascados en su labor que no mirarían hacia arriba. Todavía no sabía qué iba a hacer cuando llegara. Lo único que le importaba era alcanzar a Laura antes de que el submarino desapareciera bajo el agua para siempre.

Estaba tan concentrado en su misión que no vio a un hombre con capa que apareció por detrás de un apoyo del puente hasta que chocó contra él. Por segunda vez aquella noche, unos brazos fuertes lo agarraron y una mano salada le cubrió la boca.

–Llegas tarde, Tariq –dijo William Raven–. Por desgracia, esta vez tu valor no te va a ayudar. Vas a tener que dejar que se vaya.

Tariq le mordió la palma de la mano con tanta fuerza que el actor la apartó, maldijo y se limpió la sangre.

–¿Y usted qué? ¿Solo es capaz de comportarse como un hombre cuando tiene cámaras delante? –dijo Tariq furioso–. ¿Es un cobarde en la vida real? ¿O es por el dinero? ¿Le van a dar una tajada de los beneficios de la venta del cuadro? Fue usted quien intercambió los cuadros, ¿no es así? Usó sus trucos de mago.

La débil luz de una farola mostró los rasgos de William. Tenía el gesto descompuesto.

–Seré un cobarde, pero, si tú conocieras a Ambrose Lucas (ese es su verdadero nombre, ¿sabes?), no me culparías. Es un monstruo. Un hombre realmente malvado. Las historias de lo que les ocurre a quienes lo contrarían son legendarias. No podía hacer otra cosa. Tenía que ayudarle o habría acabado muerto o en los bajos fondos de Hollywood sin futuro profesional.

—Así que lo ha hecho por la gloria —criticó Tariq—. Y ahora va a quedarse ahí y dejar que secuestren a Laura sin hacer nada por detenerlos. No me importa el estúpido cuadro. Será una obra maestra, pero no es nada comparado con la vida de Laura. Bueno, espero que disfrute ganando un Óscar y sonriendo desde la alfombra roja a sabiendas de que ha permitido que arrebaten a Laura a sus seres queridos. Es usted patético. Suélteme. Voy a intentar ayudarla. A diferencia de usted, yo sí tengo valor.

Se zafó de William, pero el actor lo agarró del brazo antes de que pudiera alejarse.

—Tariq, no lo hagas. Te raptarán o asesinarán a ti, y entonces ¿cómo vas a poder ayudar a Laura?

—Al menos lo habré intentado, no como usted. Cuando detuve el carruaje y le ahorré un viaje al hospital o al tanatorio, me dijo que estaba en deuda conmigo. Dijo que siempre paga sus deudas. Supongo que también mintió entonces.

La mirada del actor, por lo general tan fría, se encendió de rabia y emoción.

—No, no mentí. Lo dije muy en serio. Y te lo voy a demostrar ahora. Con una condición.

—¿Cuál?

–Que me dejes ir solo. Intentaré ayudar a Laura, pero si tú te pones en peligro, no seré capaz de salvaros a los dos.

Tariq lo observó y preguntó:

–¿Habla en serio?

–Absolutamente.

–De acuerdo. Dese prisa.

William comenzó a avanzar y después se paró para decir:

–Lo siento, Tariq. Nunca debió llegar tan lejos. No sirve de mucho, pero, si pudiese dar marcha atrás y actuar de otro modo, lo haría.

A pesar de las circunstancias, Tariq sintió compasión por aquel hombre.

–Haga lo que pueda por arreglar las cosas, señor Raven.

William corrió por el muelle de hormigón y miró hacia abajo.

–¡Ambrose! –gritó–. ¡Ambrose, espera!

Antes de recibir respuesta, bajó corriendo unos escalones estrechos y saltó sobre la madera. Lo único que Tariq vio fue su capa negra agitándose como un paracaídas, y después el sonido del aterrizaje sobre el embarcadero de madera.

Tariq se quedó tumbado sobre el frío hormigón para ver lo que ocurría sin ser visto. William había caído con mal pie y al parecer se había torcido el tobillo. Estaba intentando ponerse de rodillas. Iluminado por la amarillenta luz de la escotilla del submarino, que seguía abierta, parecía lívido de dolor.

–No lo hagas, Ambrose. Llévate el cuadro y márchate, pero libera a la niña. Huye a Sudamérica o a dondequiera que vayas. Te deseo lo mejor. Pero deja que Laura se quede conmigo. Yo me encargaré de ella.

Ed Lucas sujetaba a Laura del brazo y avanzaba hacia él con una expresión que habría aterrado hasta la médula a cualquiera de sus votantes o a cualquiera que hubiese sucumbido a sus encantos. Irradiaba maldad.

–Eres un idiota lamentable –dijo–. Debería acabar contigo solo por haber utilizado mi nombre, pero se me ocurre algo mejor. Vas a venir con nosotros en un claustrofóbico viaje al fondo del mar. A ver si te gusta estar ahí abajo. –Sin mirar a su alrededor, añadió:– Slither, ven a recoger a este ingrato despojo humano.

–¡Alto! –gritó una voz–. Soy el inspector jefe Redfern. Tiren las armas y pongan las manos en alto.

Se produjo un silbido fuerte y la escotilla del submarino se cerró de golpe, dejando fuera al viceprimer ministro con Slither y Laura. El agua pareció hervir cuando la nave comenzó la inmersión.

Ed Lucas empezó a maldecir, pero no perdió tiempo intentando que el resto de la banda lo dejara entrar. Sacó su revólver y usó a Laura como escudo humano.

–Si alguien intenta detenerme, la mataré. Y no creáis que no lo haré. Tu sobrina es una buena pieza, ex inspector jefe Redfern. Mucho mejor detective de lo que tú llegarás a ser jamás. Pero también es peor que un dolor de muelas, y ya estoy harto.

Con un ágil movimiento, se subió a la lancha arrastrando a Laura con él. La niña se cayó sobre los tablones, pero él la levantó inmediatamente para que resultara imposible que le dispararan sin herirla a ella.

–Slither, suelta la amarra –ordenó Ed Lucas–. Bien, ahora sube con nosotros. *Sayonara*, detective Redfern. Nos veremos en el infierno, William.

El motor de la embarcación despertó con un rugido y se alejó del muelle. El agua salpicó a Calvin Redfern y a los dos agentes mientras corrían hacia la orilla. En el embarcadero, William Raven estaba desesperado. Y en el muelle, Tariq, frenético, gritaba:

–¡Laura! ¡Laura!

La lancha saltaba sobre las olas provocadas por el submarino. Se acercaba peligrosamente a la pared del canal. Un ladrido alegre resonó cuando Skye salió de la oscuridad.

–¡Skye! –gritó Laura–. ¡Ayúdame!

Y el husky saltó.

21

Laura Marlin estaba tumbada sobre las cálidas rocas junto al océano y miraba el cielo. Tenía el color azul vivo de un coche nuevo, como si lo acabaran de pulir, encerar y rematar con un poco de purpurina. Resultaba irresistible e invitaba a zambullirse en él.

–Es raro, ¿verdad? –dijo Laura.

–¿Qué es raro? –preguntó Tariq. Estaba tumbado junto a Laura mirando el mar mientras Skye, con el pelaje empapado y enmarañado, yacía al otro lado de la joven.

El husky no le quitaba ojo al picnic que habían colocado junto a la piscina de piedra. Había queso de

Cornualles, pan casero, tapas del café Porthmeor Beach y *brownies* de chocolate que Rowenna había preparado. Por supuesto, también había refrescos de jengibre.

–Es raro que solo hace dos semanas que casi me secuestran en un submarino ruso y, sin embargo, tengo la sensación de que le ocurrió a otra persona en otra vida. Es surrealista, como un sueño.

–Te entiendo. Parece sacado de una película.

–Va a ser una película, pero nosotros no la protagonizaremos. Bueno, Skye sí, pero nosotros no, y no sabes cuánto me alegra.

Tariq se apoyó en un codo y sonrió con malicia.

–¿Quieres decir que ya no te interesa ser una actriz famosa?

Laura se incorporó y abrió un refresco.

–Tariq, si alguna vez vuelvo a expresar mi interés por repetir como actriz del tipo que sea, tienes permiso para golpearme en la cabeza con un mazo de croquet.

–Yo no haría eso. Con una almohada quizá, pero no un mazo. Además, creo que todo el mundo piensa que serás una gran detective. Es decir, que si eres capaz de detener al señor As, probablemente puedas con cualquiera.

–Yo no detuve al señor As. Fue un trabajo de equipo. Skye le detuvo cuando saltó a la lancha y los mordió a él y al asqueroso de Slither. Tú lo detuviste al convencer a William Raven de que hiciera algo decente. La intervención de William impidió que Ed Lucas entrara conmigo en el submarino, y el tío Calvin y los agentes estuvieron fantásticos cuando el señor As y su cómplice acabaron flotando en el río.

—Los rusos también se portaron genial. Gracias a la inmediata reacción de su Armada, el submarino fue interceptado antes de que lograra abandonar aguas rusas. El señor As y los demás miembros de Póquer de Ases volverán al Reino Unido para ser juzgados en algún momento, pero antes tendrán que pasar varios años reflexionando sobre sus actos en alguna espantosa prisión rusa. Según tengo entendido, se llaman *gulags*.

Tariq soltó una carcajada.

—No me extraña que Brett y Kay cambiaran de idea y decidieran grabar un documental sobre el rodaje de *El ladrón aristocrático* en vez de seguir adelante con la película en sí. Sin duda, la realidad supera a la ficción.

Laura le dio un sorbo al refresco de jengibre y se protegió los ojos del sol. Una foca burbujeaba entre las olas.

—Tengo muchas ganas de ver el resultado. Kay dice que van a recrear la escena de la huida del submarino, así como la parte en la que tú frenabas el carruaje desbocado. Nos ha enviado un correo electrónico para preguntar si queremos que los actores se parezcan a nosotros, pero el tío Calvin dice que no, por razones de seguridad. Así que acabarás siendo un rubio monísimo y yo seré una radiante pelirroja o algo así.

–¿Y van a utilizar a Skye en el papel de Skye?

–Supongo que no tienen más remedio. Es único. Podremos ir a verlo al cine y se hará superfamoso, pero nadie puede saber lo que nos ocurrió. Tendrá que ser un secreto durante el resto de nuestras vidas.

–No me importa –intervino Tariq–. He decidido que en el futuro no quiero volver a llamar la atención. Así será más fácil observar al resto de la gente. Además, ahora tengo claro que de mayor quiero trabajar con animales. Si me das a elegir, prefiero ser un veterinario desconocido que un actor famoso. Sin dudarlo un minuto.

–Buena elección –dijo Laura–. Nuestra vecina, la señora Crabtree, vino esta mañana y lo expuso todavía mejor. Según su teoría, la fama es como una burbuja. Es hermosa por fuera, como si la hubiesen pintado de preciosos colores, pero, cuando estalla, no queda nada. Dice que la vida, el amor y la amistad son lo importante, y que los actos tienen más valor que la imagen. Mi tío está de acuerdo. Él dice que a todos nos gustan los héroes.

Laura se volvió a tumbar y trató de contener una sonrisa, pero se le ponía cara de regocijo cada vez que se acordaba del momento en el que ella se había inclinado sobre Edward Ambrose Lucas, el líder de Póquer de Ases, cuando ya estaba esposado, empapado y desconsolado, para decirle que «esta vez los buenos han ganado». Alargó la mano y acarició las suaves orejas de Skye.

Tariq le dio un toque con el dedo en las costillas.

–Laura Marlin, conozco esa sonrisa. ¿Qué estás tramando?

–Estoy pensando –contestó Laura– que tenemos el verano entero por delante, como una página en blanco y sin escribir. Estoy pensando que podría pasar cualquier cosa... y seguramente pase.

Índice

Lauren St John

Lauren St John nació en 1966 en Zimbabwe (África) y se crió en una granja situada en una reserva de caza, donde tenía una jirafa y varios perros y caballos. Tras licenciarse en Periodismo se fue a vivir a Inglaterra, donde trabajó algunos años como corresponsal. Actualmente vive en Londres con su gato de Bengala.

David Dean

David Dean es inglés y se licenció en Ilustración y Diseño Gráfico en la Universidad Metropolitana de Manchester. Su estilo naíf y colorista suele incorporar orlas y otros detalles decorativos. Ha ilustrado todos los libros juveniles de Lauren St John.

Allan Rabelo

Allan Rabelo nació en 1977 en Río de Janeiro (Brasil) y a los veintidós años se licenció en Diseño Gráfico por la PUC-Rio (Pontifícia Universidade Católica do Rio de Janeiro). En 2006 se instaló en Barcelona, donde cursó el Máster en Artes Digitales de la UPF y un posgrado sobre ilustración infantil en la escuela Eina. Desde 2000 trabaja como ilustrador tanto para editoriales como para productoras de cine y animación.

DESCUBRE TODAS LAS AVENTURAS
DE LAURA MARLIN

Bambú Jóvenes lectores